地图上的
红楼梦

图书在版编目（CIP）数据

地图上的红楼梦 / 许盘清主编；星球地图出版社编著.
——北京：星球地图出版社，2025.1——(带着地图读四大名著).

ISBN 978-7-5471-3087-2

Ⅰ．①地… Ⅱ．①许… ②…星 Ⅲ．①中国文学－名著－通俗读物 Ⅳ．① I207.411

中国国家版本馆 CIP 数据核字第 20246NY043 号

地图上的红楼梦（第三册）

出版发行	星球地图出版社
地址邮编	北京市海淀区北三环中路 69 号 100088
网　　址	www.starmap.com.cn
印　　刷	廊坊一二〇六印刷厂
经　　销	新华书店
开　　本	185 毫米 ×260 毫米 16 开
印　　张	8
版　　次	2025 年 1 月第 1 版
印　　次	2025 年 1 月第 1 次印刷
审 图 号	GS（2024）4156 号
定　　价	218.00 元（套装 4 册）

联系电话：010-82028269（发行）、010-62272347（编辑）

版权所有　侵权必究

目 录

第六十一回　投鼠忌器宝玉瞒赃 … 001
第六十二回　史湘云醉卧芍药圃 … 004
第六十三回　怡红院群芳开夜宴 … 007
第六十四回　贾琏偷娶尤二姐 … 011
第六十五回　尤三姐思嫁柳二郎 … 016
第六十六回　尤三姐挥剑自尽 … 019
第六十七回　闻秘事凤姐讯家童 … 022
第六十八回　酸凤姐大闹宁国府 … 025
第六十九回　尤二姐吞生金自逝 … 029
第 七 十 回　林黛玉重建桃花社 … 033
第七十一回　鸳鸯女无意遇鸳鸯 … 038
第七十二回　王熙凤恃强羞说病 … 043
第七十三回　傻大姐误拾绣春囊 … 046
第七十四回　惑奸谗抄检大观园 … 050
第七十五回　夜宴祠堂叹息声 … 055

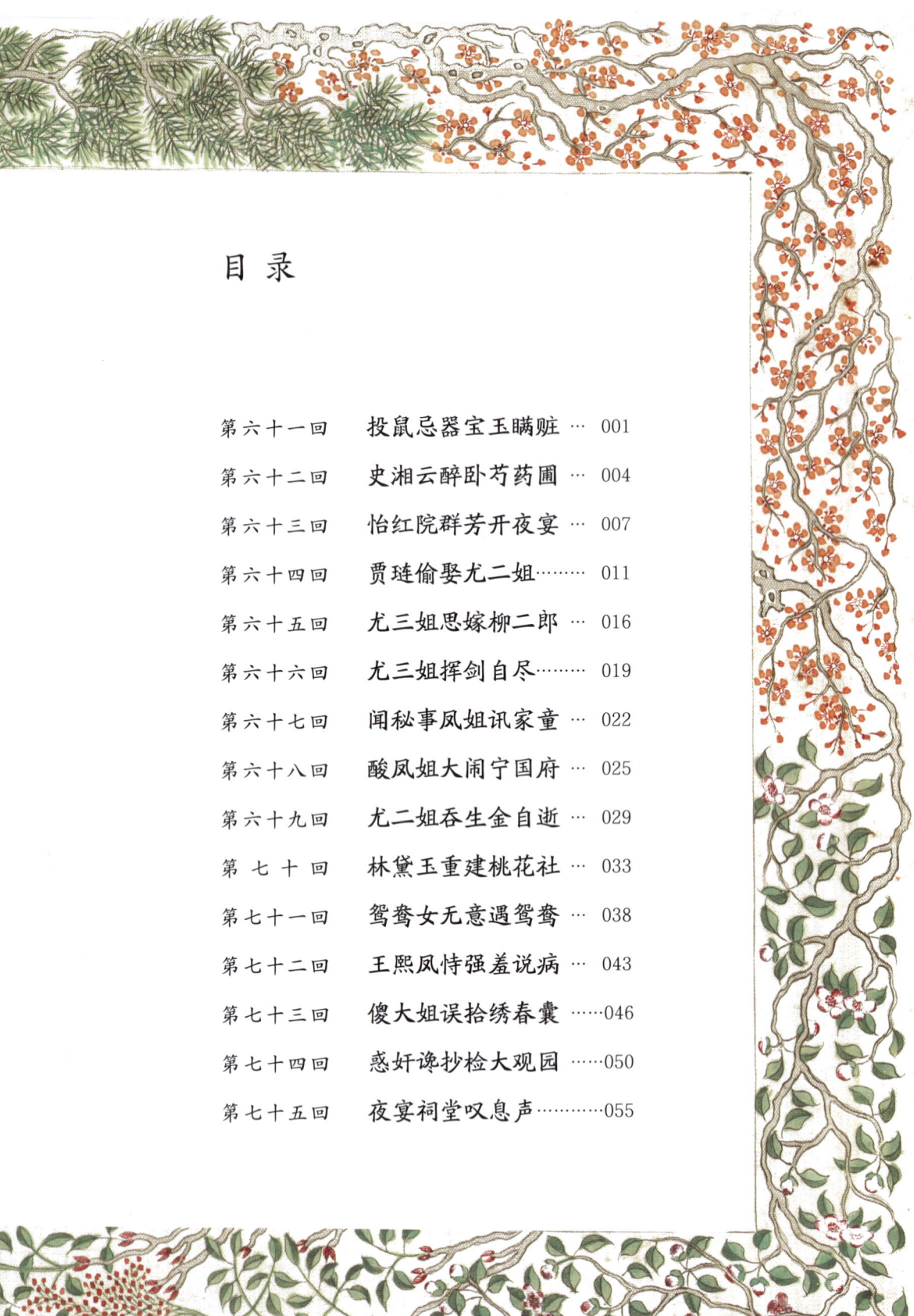

第七十六回	凹晶馆联诗悲寂寞	061
第七十七回	俏晴雯蒙冤病逝	065
第七十八回	痴宝玉杜撰芙蓉诔	069
第七十九回	薛蟠悔娶河东狮	074
第 八 十 回	贾迎春误嫁中山狼	078
第八十一回	贾宝玉重返学堂	082
第八十二回	林黛玉噩梦惊魂	087
第八十三回	贾元春宫中染病	091
第八十四回	试文字宝玉始提亲	095
第八十五回	薛蟠惹祸被逮捕	098
第八十六回	薛家贿赂贪官翻供	102
第八十七回	妙玉打坐走火入魔	105
第八十八回	博庭欢宝玉赞贾兰	110
第八十九回	蛇影杯弓黛玉绝食	114
第 九 十 回	邢岫烟锦衣失窃	118

司棋因为柳家没给蒸鸡蛋,带着丫鬟们去厨房大闹了一场。

第六十一回

投鼠忌器
宝玉瞒赃（zāng）

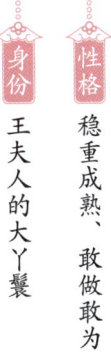

点  题

司棋要鸡蛋不成，带人砸了小厨房，五儿偷进园找芳官，被当成窃贼软禁，宝玉为探春的颜面，揽下这些赃案。

　　柳家的回到小厨房，将茯苓霜放下，只见小丫头莲花进来说："司棋姐姐说要碗鸡蛋。"柳家的推托说没有。莲花不信，自己进厨房翻开菜箱，见里面还有鸡蛋，便诘（jié）问柳家的。两人因此事吵了起来。莲花回去将此事添油加醋告诉了司棋。司棋大怒，带着小丫头们打砸了小厨房，回房后将柳家的令人送来赔罪的蒸鸡蛋，全泼在地下。

　　五儿想送些茯苓霜给芳官，趁黄昏人少，偷偷进了园子，在怡红院大门前遇见春燕，便托她将茯苓霜转交芳官，返回时遇见林之孝家的带着几个婆子走来。林之孝家的问她："你怎么跑到这里来了？"五儿说："我妈叫我到怡红院拿东西。"

　　因林之孝家的刚进园关园门时，遇见了柳家的，柳家的并未说过她女儿还在园子里，此时见五儿说话辞钝意虚（由于心虚说话吞吞吐吐），又因为近日太太屋里丢了东西，心里便起了疑。这时小蝉、莲花等走来说道："林奶奶要审审她。这两日她总往园子里跑，鬼鬼祟祟的，不知干什么事。"小蝉说道："听说太太房里丢了一瓶玫瑰露。"莲花又说："我今天在小厨房看见了装玫瑰露的瓶子。"

五儿急得说道："那是芳官给我的。"林之孝家的哪里信她，带众人去小厨房，搜出了一瓶玫瑰露和一包茯苓霜。林之孝家的一并拿了，接着又带五儿去见凤姐。凤姐听了吩咐："将柳家的打四十板子，撵出去。把五儿打四十板子，或卖或配人。"

五儿听后，吓得哭哭啼啼，给平儿跪下，把芳官送玫瑰露和她舅舅送茯苓霜的事都说了出来。平儿便命人先将五儿软禁起来。五儿又气又委屈，哭了一夜。次日，平儿去怡红院询问袭人和芳官玫瑰露一事，果如五儿所说的一样。

宝玉怕五儿被自己拖累，忙和平儿说："那露和霜你都说是我给她的吧。"平儿说这事好办，但又说："太太丢失的露还没找到正主呢。"晴雯说："太太那边的露应该是彩云偷给环哥了。"平儿说她也知道是彩云，但怕查了彩云，引出赵姨娘，会让探春丢脸。宝玉便让平儿跟那些管事娘子说，太太的玫瑰露也是他偷的。

平儿把彩云和玉钏叫来，说宝玉已经揽下贼赃，叫她们不用担心。彩云听了，不由得又羞又愧，便承认是赵姨娘求自己偷给贾环喝的。众人听了，都诧异她竟有这样的勇气。平儿按商议好的话向林之孝家的和其他管事娘子说了，命她们放了五儿和柳家的。

平儿回房将事实真相告诉凤姐，凤姐坚持惩治太太屋里的丫头，还叫人把柳家的也撵出去。平儿劝她不要太操劳，并说"得放手时须放手"。一席话，说得凤姐儿倒笑了，任凭平儿去处理此事。

经典名句

仓老鼠问老鸹（guā）去借粮，守着的没有，飞着的倒有。
苍蝇不抱无缝的蛋。
得放手时须放手。

经典原文

凤姐儿道："虽如此说，但宝玉为人，不管青红皂白①，爱兜揽②事情。别人再求求他去，他又搁不住人两句好话，给他个炭篓（lǒu）子带上，什么事他不应承③？咱们若信了，将来若大事也如此，如何治人？还要细细的追求才是。依我的主意，把太太屋里的丫头都拿来，虽不便擅加拷打，只叫她们垫着磁瓦子跪在太阳地下，茶饭也不用给她们吃。一日不说跪一日，就是铁打的，一日也管招了。又道是'苍蝇不抱无缝的蛋'。虽然这柳家的没偷，到底有些影儿，人才说他。虽不加贼刑，也革出不用。朝廷家原有挂误的，倒也不算委屈了他。"平儿道："何苦来操这心！'得放手时须放手'，什么大不了的事，乐得不施恩呢。依我说，纵在这屋里操上一百分的心，终久咱们是那边屋里去的。没的结些小人仇恨，使人含怨。"

注释：①青红皂白：比喻事情的是非、情由等。②兜揽：指把事情往身上拉。③应承：应允、承诺。

课外试题

柳五儿只是偷偷进园子找芳官，莲花和小蝉为什么要林之孝家的审问她？

莲花因与柳嫂子此前有嫌隙，小蝉与莲花是好友且对柳家的四处夸耀之事也有不满，且柳五儿当夜正巧，所以她们让林之孝家的审问柳五儿。

第六十二回

史湘云醉卧芍药圃

人物 林之孝家的

性格 谨慎低调、精明老练

身份 贾府内院女管家、小红的母亲

点题

宝玉等过生日，史湘云喝醉酒卧在石凳上，香菱斗花不小心弄脏了石榴裙，怕被薛姨妈责骂，宝玉便让袭人将她的石榴裙送给香菱。

平儿出来让柳家的仍旧回小厨房当差并说："大事化为小事，小事化为没事，方是兴旺之家。"贾环因宝玉替彩云瞒赃一事，误以为彩云和宝玉好上了。彩云百般解释，贾环就是不听，气得彩云躲在被窝里哭。

这天，宝玉生日到了，宝琴刚好跟他同一天生日。众人去怡红院拜寿

众人为宝玉、平儿等过生日，在大观园里办宴席，湘云因高兴喝多了酒，醉倒在芍药圃下。花瓣落在湘云身上，众姐妹见状，纷纷围拢过来。

时，才知道平儿和邢岫烟也是这一天生日，便商议凑钱给他们四人另办酒席。薛蟠给宝玉送来了生日礼物，宝玉于是过去陪他吃面，还喝了点酒。不久，宝钗带了宝琴过来，嘱咐薛蟠照看家里，并说她要去园子里招待其他人。于是，宝玉就和宝钗、宝琴一起回园子里了。

一进角门，宝钗便命婆子将门锁上，把钥匙要了，自己拿着。宝玉忙说："这道门何必锁上，况且，亲戚们也都住在里面，要回家拿东西也不方便。"宝钗笑道："小心些总没错。这几日的那些事，都没有我们这边的人掺和到里边，这门关得还是有效果的。若是开着，有些人抄近路从这里走，怎么拦着？不如锁了，大家都别走。真发生了什么事，也赖不着这边的人了。"此外，宝钗还说贾府里还有好几件大的事件现在还没有曝光，但她已经将这些事告诉平儿了，并让宝玉以后要小心提防。

宝玉等来到红香圃，那里早摆好了四桌酒席。众人入席后，经商议决定拈阄（jiū），并行酒令。探春命平儿先拈，平儿拈了一个，打开一看，上面写着"射覆"二字。袭人也拈了一个，却是"拇战"。湘云说射覆不好玩，她要划拳。探春说她乱令，让宝钗罚她一杯。

射覆时，宝琴说了个"老"字，香菱不会射覆，湘云偷偷教她说"药"字，黛玉看见了，说："快罚她，又在那里私相传递呢。"众人都知道了，于是湘云被罚了一杯酒，气得她拿筷子敲黛玉的手。

到宝钗和探春射覆时，湘云早和宝玉划拳了。划拳输的人要说酒令。宝玉输了，黛玉帮他说了一个。众人有的射覆，有的划拳，正玩得高兴。突然一个小丫头进来说，湘云喝醉了，睡在石凳上。众人听了，都去看，果然见湘云在石凳上正睡得香甜，飞花落满身，四周蜂蝶飞舞。众人看了，又是爱，又是笑，忙上去唤醒她。此时，醉梦中的湘云口里还胡乱说着酒令。

散席后，香菱和芳官、蕊官、藕官、豆官等斗草，豆官说："我有姐妹花。"香菱便说："我有夫妻蕙（huì）。"结果惹得豆官嘲笑她想薛蟠了。香菱羞得去拧她，打闹中两人滚在草地上，正巧地上有一洼雨水，弄湿了香菱的石榴裙。众人见了，怕香菱责怪她们，都跑了。

正巧，宝玉见她们斗草，也拿了一枝并蒂（dì）莲来。他见香菱的石榴裙被弄脏了，怕薛姨娘责怪她，便让她在原地等他。然后他和袭人回房将袭人的石榴裙拿来送给香菱。香菱接过裙子，忙向袭人道谢，又嘱咐宝玉不要告诉薛蟠。宝玉连忙答应了。

榛子非关隔院砧（zhēn），何来万户捣衣声。
玉碗盛来琥珀光，直饮到梅梢月上，醉扶归。

众人听说，都笑道："快别吵嚷。"说着，都走来看时，果见湘云卧于山石僻处一个石凳子上，业经香梦沉酣（hān）①。四面芍药花飞了一身，满头脸衣襟②上皆是红香散乱，手中的扇子在地下，也半被落花埋了，一群蜂蝶闹穰（ráng）穰③的围着她，又用鲛（jiāo）帕④包了一包芍药花瓣枕着。

注释：①沉酣：醉酒酣畅。②衣襟：衣服当胸前的部分。③闹穰穰：形容喧闹、纷乱的样子。④鲛帕：指精美的巾帕。

宝钗为什么命婆子把薛家通往园子的门锁上？

因为薛蟠在外面惹了事，怕他上园子里，所以要把园子通往外面的门锁上。

第六十三回

怡红院
群芳开夜宴

人物	性格	别名	身份
尤氏	低调和顺、精明果决	大奶奶、珍大奶奶、珍哥媳妇	贾珍的继妻

点  题

怡红院凑钱给宝玉庆生日，又去拉了宝钗、黛玉等姐妹至怡红院占花名，热闹非常。次日，尤氏到园中赴宴时，惊闻贾敬去世，忙去照理丧事。

当晚，怡红院众丫鬟凑钱单独给宝玉庆祝生日。众丫鬟摆好桌子，同宝玉共饮一杯后，宝玉说："咱们也行个酒令才有趣。"经过讨论，最后众人都同意玩占花名，袭人道："这个虽好，但人少了没趣。"便有丫鬟提议将宝姑娘、林姑娘请来，宝玉便说将三姑娘、琴姑娘也请来。晴雯、麝月、袭人三人又说："她们去请，肯定叫不来宝林二人，我们过去，死活拉她们来。"于是袭人、晴雯各自出去再三邀请，才将二人请来。探春过来后说也得将李纨请过来才好，于是众人先后都到了怡红院中。袭人又拉了香菱来。炕上又并了一张桌子，大家方坐开了。

晴雯将装有花名签的签筒放在桌子上，把骰子放在盒子中摇，摇出五点，数时正好到宝钗。宝钗笑道："我先抓，不知抓出个什么来。"说着将筒摇了一摇，抽出一支牡丹签。签上题着"艳冠群芳"四个字，下面又有一句唐诗：任是无情也动人。又注："在席共贺一杯。此为群芳之冠，随意命人，不拘诗词雅谑（xuè），或新曲一支为贺。"

大家共贺了一杯，宝钗命芳官唱曲，芳官唱了一支《赏花时》。接着探春抽出了杏花签，签上的注说："得此签者，必得贵婿，大家恭贺一杯，再同饮一杯。"众人笑道："我们家已有了个王妃，难道你也是王妃不成？大喜，大喜。"

接着李纨抽出梅花签，当湘云抽出海棠花签时。当麝月抽出荼蘼（tú mí）花签时，宝玉觉得签上的诗句不祥，忙藏起来。香菱抽出并蒂花签。黛玉抽出芙蓉花签，众人笑道："这个好极。除了她，别人不配做芙蓉。"

袭人抽出桃花签，按照签注上的要求，香菱、晴雯、宝钗、黛玉、芳官都要陪喝一杯。黛玉对探春笑道："命中该着招贵婿的，你快喝了，我们好喝。"探春笑道："这是个什么话？大嫂子顺手给她一下子。"李纨笑道："人家不得贵婿反挨打，我也不忍的。"说得众人都笑了。

袭人才要掷骰子，只听有人叫门。原来是薛姨妈派人来接黛玉，众人这才发现已是二更天了，便起身告辞。袭人等送到沁芳亭河那边方回来，关了门，喝到四更天，才胡乱睡下。

清晨，宝玉醒来发现妙玉的贺帖，上面署名"槛外人"。宝玉不知在回帖上回个什么字样才能与之相敌，便想带着帖子去寻黛玉。宝玉刚过了沁芳亭，忽见岫烟迎面走来。二人聊了一会，宝玉得知岫烟和妙玉相识已久，便将妙玉的贺帖给她看，并请教她自己回帖时，应该署什么名。岫烟告诉宝玉

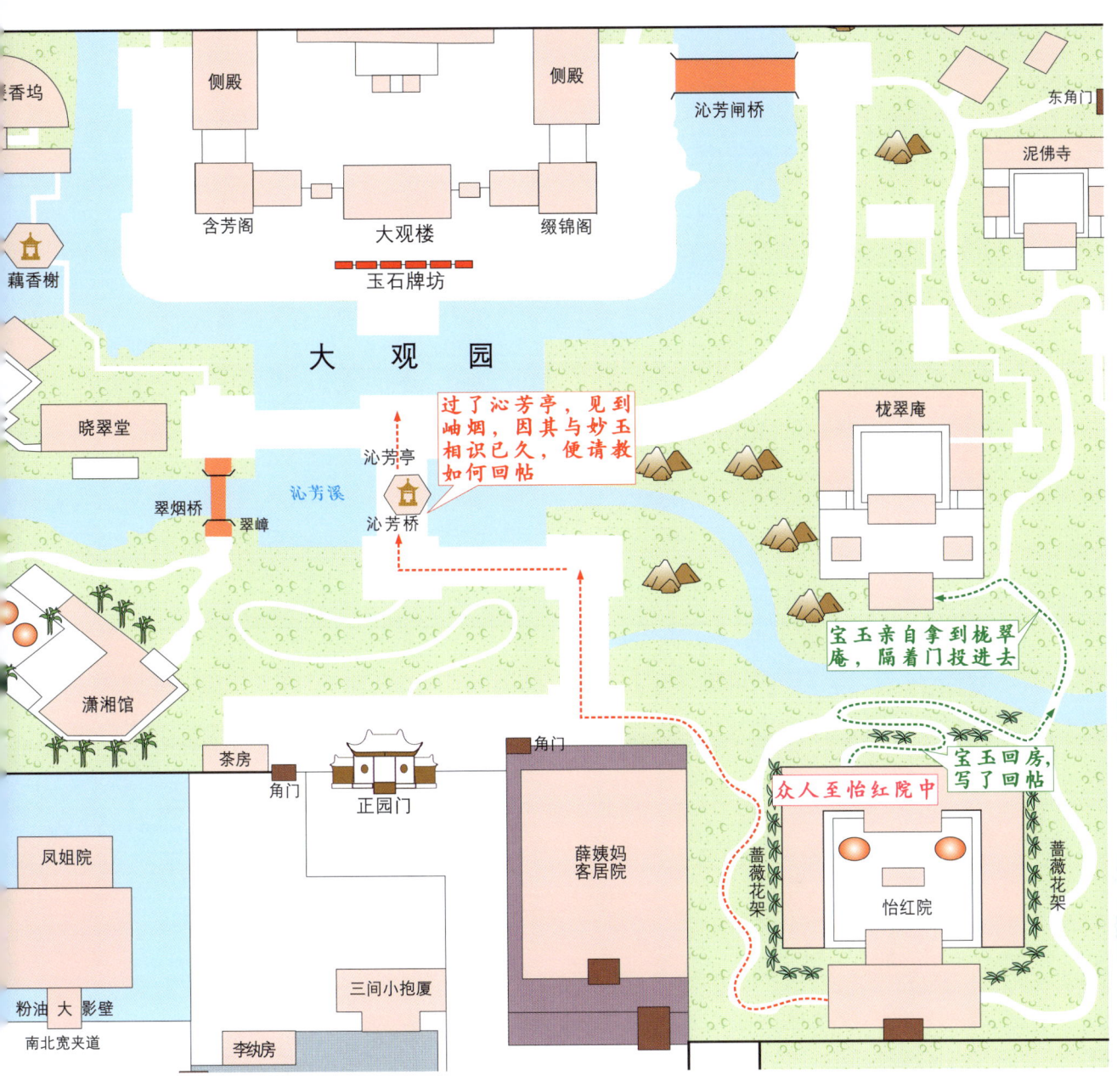

"槛外人"贺贴示意图

署名"槛内人"就可以了。宝玉回房写了回帖,亲自拿到了栊翠庵,隔着门投进去就回来了。

尤氏吃完早饭后,来榆荫堂参加平儿的还席宴。大家正在玩闹,突然宁府来人说:"老爷宾天了。"众人都大吃一惊。这时,因为贾珍父子和贾琏等都去给太妃送葬,不在家中。一时之间,家里竟没个可靠男子来张罗此事。

尤氏立即出城去了道观,并命人请太医来看到底是何病。太医说贾敬是吞金服砂,烧胀而亡的。尤氏听后也不听众道士辩解,只命锁着众道士,等贾珍回来发落。之后,尤氏一面命人去给贾珍等人报信,一面命人将贾敬的遗体抬到铁槛寺停放。尤氏因暂时不能回家,便命人将她继母尤老娘接来宁府看家。尤老娘又将她的两个女儿尤二姐和尤三姐带入宁府。贾珍和贾蓉接到贾敬去世的消息后,立即告假回来奔丧。

闻名不如见面。
方以类聚,物以群分。

香菱便又掷了个六点,该黛玉掣(chè)①。黛玉默默的想道:"不知还有什么好的被我掣着方好。"一面伸手取了一根,只见上面画着一枝芙蓉花,题着"风露清愁"四字,那面一句旧诗,道是:莫怨东风当自嗟(jiē)②。注云:"自饮一杯,牡丹陪饮一杯。"众人笑说:"这个好极。除了她,别人不配做芙蓉。"黛玉也自笑了。

注释:①掣:抽。②自嗟:感叹自己(的命运、际遇不好)。

贾敬去世,尤氏为什么要将玄真观的道士锁起来?

因为他们与贾敬之死有关,并且当时府内的男主人都不在家,尤氏必须谨慎处置。

第六十四回

贾琏偷娶尤二姐

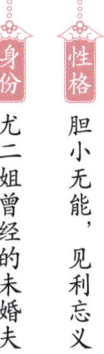

人物：张华
性格：胆小无能，见利忘义
身份：尤二姐曾经的未婚夫

点题

宝玉劝黛玉保重身体，看到砚台下有纸，想看，黛玉不给。宝钗来了，两人便同看黛玉的《五美吟》。贾琏在贾蓉的撺掇（cuān duo）下偷娶了尤二姐。

这月初四，贾珍请贾敬的灵柩（jiù）进城，放入宁府正堂。宝玉天天去宁府守灵。这天，宝玉见没有客人来，想回去看看黛玉。他先回到怡红院，同屋内众丫鬟交代了一番，便去潇湘馆看黛玉。宝玉刚过了沁芳桥，只见雪雁领着两个老婆子，手中都拿着菱藕瓜果之类。宝玉询问雪雁后，才明白是黛玉要用瓜果举行奠祭仪式。

宝玉想着此时不便去见黛玉，便决定先去看凤姐，之后再回来见黛玉，遂出了园门，一径到凤姐处来。宝玉到时，凤姐正倚着门同平儿说话。宝玉问凤姐病好些没有。凤姐说还是老样子，事多静不下来。宝玉忙劝她少操心。二人又说了会闲话。宝玉别了凤姐后，便一直往园中走去。

宝玉来到潇湘馆，只见紫鹃正看着人收摆在祭桌上的陈设。宝玉便知黛玉已经祭完了。宝玉走进屋内，见黛玉病体恹（yān）恹，就劝黛玉

黛玉瓜果寄情祭奠示意图

凡事要想开些，不要做无益之悲。说话间，宝玉看见砚台下露出一角纸，拿出来想看，黛玉忙起身来夺。宝玉已经揣到怀里，笑道："好妹妹，赏我看看吧。"

黛玉正责怪宝玉乱拿她东西来看，只见宝钗走来，笑道："宝兄弟要看什么？"黛玉边让宝钗坐下边说："我曾见古史中有才色的女子，终身遭际令人可喜、可羡、可悲、可叹的很多，就选出几个，胡乱写了几首诗，以寄感慨。"

宝钗听了，也要看。黛玉指着宝玉笑道："他早已抢了去了。"宝玉这才拿出来和宝钗一起看，只见上面写了五首诗，分别咏叹西施、虞姬、明妃、绿珠、红拂五位古代美女。宝玉看了，赞不绝口，将这五首诗命名为《五美吟》，宝钗也称这五首诗命意新奇，别开生面。

宝钗还要往下说，突然见有人来说贾琏回来了。宝玉忙出去迎接。次日，贾母、王夫人等也回来了。众人见过之后，贾母等便前往宁府。一过去就听见里面哭声震天，原来是贾赦、贾琏送贾母回家之后便来到这里。贾母进去时，贾赦、贾琏早就带着族人哭着迎了出来。

013

他父子挽着贾母，走至灵前。贾珍、贾蓉跪着扑入贾母怀中痛哭。贾母也搂着珍蓉两人痛哭不已。贾赦、贾琏忙在一旁劝住。贾母因悲伤过度，当天晚上便染了风寒，只得在家服药调理。十几天后，贾珍、尤氏被贾蓉送殡到铁槛寺，仍在寺中守灵。

贾琏早就听说过尤氏姐妹貌美。这次，他趁替贾敬办丧事的机会，每日与尤二姐、尤三姐见面，不禁动了心。那二姐和他彼此都有意。一天，贾琏与贾蓉一同从铁槛寺回宁府。路上叔侄闲话，贾琏极力夸赞尤二姐。贾蓉便献计让贾琏瞒着凤姐，偷偷娶尤二姐做二房。贾琏听了，以为是万全之计。于是，他进宁府后，趁人不注意，将自己随身带的汉玉九龙珮解下来，偷偷送给尤二姐。

因贾珍跟尤二姐有私情，贾琏怕贾珍不同意自己娶尤二姐，便又催贾蓉去说服贾珍。贾珍想了想就同意了。尤氏却知道此事不妥，极力劝

宝玉来潇湘馆看黛玉，看见黛玉新作了诗，想要看，恰巧宝钗也来看望黛玉，两人便一同欣赏黛玉的《五美吟》。

阻,无奈贾珍主意已定,况且她跟二姐、三姐并不是亲姐妹,也不好管得太多。

贾蓉说服尤老娘和尤二姐后,贾琏便在小花枝巷买了新房。贾珍安排鲍二一家,在新房服侍尤二姐,又命人找到尤二姐的未婚夫张华,让张华退了婚事。诸事办妥后,贾琏便选了个黄道吉日,迎娶尤二姐过门。

**经典名句** 意态由来画不成,当时枉杀毛延寿。
耳目所见尚如此,万里安能制夷狄?

经典原文 在路叔侄闲话,贾琏有心①,便提到尤二姐,因夸说如何标致②,如何做人好,"举止大方,言语温柔,无一处不令人可敬可爱。人人都说你婶子好,据我看,那里及你二姨儿一零儿呢?"贾蓉揣知其意,便笑道:"叔叔既这么爱她,我给叔叔作媒,说了做二房何如?"贾琏笑道:"你这是玩话,还是正经③话?"贾蓉道:"我说的是当真的话。"

注释:①有心:怀有某种意念或想法。②标致:相貌、姿态美丽。③正经:确实、真正。

**课外试题**

尤氏明知凤姐善妒狠毒,却不告诉尤二姐,你觉得她做对了吗?

不对,她未尽提醒亲人避免危险之责。

第六十五回

尤三姐
思嫁柳二郎

点题

尤二姐婚后，见贾珍经常来纠缠尤三姐，深感不安，便跟贾琏商议找个好人家将尤三姐嫁了，尤三姐表示她只嫁自己想嫁之人——柳湘莲。

贾琏娶尤二姐前，尤老娘和尤三姐已搬去新房的西院住下。贾琏娶了尤二姐后，越看越喜欢，命鲍二等人直接称她为奶奶。两个月后，贾珍从铁槛寺回来，打听贾琏不在新宅。当晚，他就去花枝巷，跟尤老娘和尤氏姐妹一起喝酒。尤二姐知道贾珍的用意，于是请尤老娘跟她回房。

不久，贾琏来了。鲍二的女人悄悄告诉他说："大爷在西院里呢。"贾琏听了，便回卧房。尤二姐和她母亲在房中，见了他来，都很不好意思。贾琏假装不知道，命人将酒菜端进来。尤老娘不吃，回房睡下。

贾琏和尤二姐正喝着酒，突然听到马棚里贾珍和他的马打起来了。尤二姐听见马闹，心里更加不自在，听到贾琏说她好看，便说道："我虽标致，却无品行。"贾琏不解何意，尤二姐落泪说："既然你我做了夫妻，我哪敢瞒你。我算是终身有靠了，但我妹妹怎么办？"

贾琏听了，笑道："你放心，你以前的事，我都知道，不用惊慌，你

贾琏偷偷在外面娶了尤二姐,晚上来到尤二姐这里,让人端酒菜来,同她一起喝酒。

因妹夫倒是作兄的,不好意思,不如我去破了这例。"说着,乘着酒兴便往西院中来。贾琏推门进去,先给贾珍请安,又命人:"看酒来,我和大哥吃两杯。"又拉尤三姐说:"你过来,陪小叔子一杯。"

尤三姐见状,知道贾琏将她姐妹当青楼女子看了,便站起来痛痛快快地骂了他们兄弟一顿。贾珍没想到尤三姐会这样泼辣,反而不好轻薄了。从那以后,只要丫鬟、婆娘略有不到之处,尤三姐便将贾琏、贾珍、贾蓉三个泼声厉言痛骂,并且天天挑穿的、吃的,吃得不称心,连桌子一推;衣裳不如意,便用剪刀剪碎,撕一条,骂一句。贾珍等没有一天能称心如意,反花了许多昧(mèi)心钱。

尤二姐见尤三姐这样,深为担忧,便和贾琏商议,找个好人家将尤三姐嫁了。尤三姐知道后,便对她姐姐、姐夫说,终身大事不是儿戏,挑选的人也要合她心意才行。贾琏问她看中谁,尤三姐说:"姐姐知道,不用我说。"贾琏笑问尤二姐尤三姐想嫁的人是谁。尤三姐其实想嫁的人是柳湘莲，但尤二姐却想不起来。

贾琏以为尤三姐想嫁的人是宝玉。尤三姐却说不是，并让尤二姐往五年前想。正说着，贾琏的心腹小厮兴儿说："老爷那边叫你呢。"贾琏只得回去了。尤二姐拿了酒菜给兴儿吃，然后向他打听荣国府的人和事儿，兴儿便老老实实地将凤姐的为人告诉了尤二姐，还劝尤二姐一辈子都不要见凤姐才好。尤二姐却不大信他说的话。

嘴甜心苦，两面三刀；
上头一脸笑，脚下使绊（bàn）子；
明是一盆火，暗是一把刀。

兴儿连忙摇手，说："奶奶千万不要去！我告诉奶奶：一辈子不见她才好呢。'嘴甜心苦①，两面三刀②'，'上头一脸笑，脚下使绊子'，'明是一盆火，暗是一把刀'，她都占全了。只怕三姨的这张嘴还说她不过呢，奶奶这么斯文③良善人，那里是她的对手！"尤氏笑道："我只以礼待她，她敢怎么着我？"

注释：①嘴甜心苦：说话和善，居心不良。②两面三刀：比喻阴险狡猾，当面一套，背后一套。③斯文：温和有礼貌，不粗俗。

课外试题

兴儿为什么让尤二姐一辈子不要见凤姐？

兴儿知道凤姐很阴险，为怕她伤害尤二姐，所以让她一辈子不要见凤姐。

第六十六回

尤三姐挥剑自尽

点  题

贾琏从平安州回来,将柳湘莲的定情之物鸳鸯剑交给尤三姐。谁知,柳湘莲回京后却悔婚了,来索要鸳鸯剑。尤三姐伤心绝望之下挥剑自尽。

人物	薛姨妈
性格	温柔慈爱、亲切随和
别名	姨太太
身份	薛蟠和薛宝钗之母、王夫人之妹

当晚,尤二姐盘问她妹妹一夜。贾琏来后,听说尤三姐看中的人是柳湘莲,赞道:"果然眼力不错,但柳二郎冷面冷心,离京后萍踪(zōng)浪迹,知道几年才来,那不耽搁了吗?"正说着,只见尤三姐走来说道:"他来了,我便嫁他。他不来,我自己修行去。"说着,将一根玉簪,击作两段:"一句不真,就如这簪(zān)子!"说完,回房去了。

几天后,贾琏去平安州办事,路上遇见薛蟠和柳湘莲结伴而来。贾琏和两人相见后,到酒店坐下聊天。贾琏笑道:"你们怎么一起了?"薛蟠笑道:"我同伙计贩了货物,在平安州遇强盗打劫。幸好柳二弟把贼人打散,夺回货物,救了我们的性命。我便和他结拜为弟兄。到了前面岔口,他往南去见他姑妈,我进京后,要给他寻个好宅子、一门好亲事。"

贾琏听了,便将尤三姐说给柳湘莲,又说三姐品貌无双。柳湘莲原想等到回京后再定亲,但见贾琏再三索要定亲信物,便将祖传的鸳鸯剑

作为定礼交给贾琏。贾琏回去后将鸳鸯剑交给尤三姐。那鸳鸯剑有两把剑，一把刻"鸳"字，另一把刻"鸯"字。尤三姐把剑挂在床头，每日望着剑，自喜终身有靠。

柳湘莲进京后，先去拜见薛姨妈和薛蟠。薛姨妈感激柳湘莲救了薛蟠，便帮他将成亲所用之物都准备好了。柳湘莲自是感激不尽。柳湘莲又去见宝玉，听说尤三姐是尤氏继母的女儿后，跌（diē）足道："这事不好。你们东府里除了那两个石头狮子干净，只怕连猫儿、狗儿都不干净。"

宝玉听了这话，红了脸。柳湘莲连忙道歉，又问尤三姐品行怎样，因见宝玉不愿再说，便辞别宝玉，去花枝巷找贾琏索要定礼。贾琏不愿退定礼，与柳湘莲争执起来。尤三姐在屋里听了，便知是柳湘莲在贾府听到消息，嫌弃自己品德不端，不屑为妻，便取下鸳鸯剑，左手将雄剑和剑鞘（qiào）递给湘莲，右手便将雌剑一挥，自尽身亡了。贾琏要报官抓柳湘莲，被尤二姐阻止了。

柳湘莲见尤三姐如此刚烈，后悔得抱着尤三姐的尸身大哭了一场，才告辞离去。柳湘莲出门后，恍惚之间看见尤三姐来向他辞别，说她奉警（jǐng）幻之命，前往太虚幻境事。柳湘莲醒来，发现自己躺在一间破庙里，旁边有一个跛足道士。柳湘莲问道："此系何方？仙师仙名法号是什么？"道士笑道："我也不知道此系何方，我系何人，不过暂来歇脚而已。"柳湘莲听了，只觉得浑身寒冷，拿出雄剑将头发割断，跟着道士走了。

将军不下马，各自奔前程。
冷飕飕，明亮亮，如两痕秋水一般。
揉碎桃花红满地，玉山倾倒再难扶。

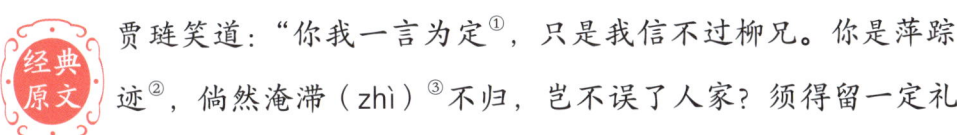

贾琏笑道:"你我一言为定①,只是我信不过柳兄。你是萍踪浪迹②,倘然淹滞(zhì)③不归,岂不误了人家?须得留一定礼。"

湘莲道:"大丈夫岂有失信之理?小弟素系寒贫,况且客中,何能有定礼?"薛蟠道:"我这里现成,就备一份二哥带去。"贾琏道:"也不用金帛(bó)之礼,须是柳兄亲身自有之物,不论贵贱,不过我带去取信耳。"湘莲道:"既如此说,弟无别物,此剑防身,不能解下。囊中尚有一把鸳鸯剑,乃吾家传代之宝,弟也不敢擅用,只随身收藏而已。贾兄请拿去为定。弟纵系水流花落之性,然亦断不舍此剑者。"说毕,解囊出剑,捧与贾琏。贾琏命人收了。大家又饮了几杯,方各自上马,作别起程。正是:将军不下马,各自奔前程。

注释:①一言为定:一句话说定,不再更改或后悔。②萍踪浪迹:比喻到处漂泊,行踪不定。③淹滞:拖延;久留。

柳湘莲和薛蟠是怎样成为结拜兄弟的?

因为柳湘莲义打薛蟠救了走失去苏州途中的薛蟠性命。

第六十七回

闻秘事 凤姐讯家童

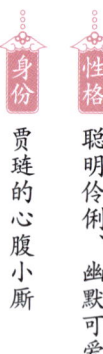

点  题

宝钗将薛蟠从南方带回来的礼物送给姐妹们。黛玉见了家乡的物品反而伤心。凤姐听闻贾琏偷偷娶了尤二姐，秘密审问旺儿和兴儿。

薛姨妈正高高兴兴地想着给柳湘莲办喜事，突然听说尤三姐自杀和柳湘莲出走的事，不禁叹息不已。宝钗听了，并不在意，只说是他们前生命定。正说着，见薛蟠进来，眼中尚有泪痕（hén）。薛蟠一进门便说，听说柳湘莲跟道士走了，便带了小厮到处找，但没找到。

宝钗劝薛蟠不要为此伤感，正说着，就见张德辉差人送了两箱东西来。薛蟠见了，说是自己从南方买给母亲和妹妹的礼物。又命人将其中一个箱子打开，这一箱子都是绸缎、绫（líng）锦、洋货等家常应用之物。只见薛蟠笑道："那一箱子是给妹妹带的。"亲自打开，里面是笔、墨、香袋、花粉、胭脂等物，其中有虎丘泥捏的薛蟠小像，与薛蟠几乎一模一样。宝钗拿着细细看了一看，又看看她哥哥，不禁笑起来了。

宝钗将薛蟠送的东西打点好分成几份，送给园子中的姐妹。其中黛玉的比别人多了一倍。黛玉收到礼物，见了家乡的东西，触物伤情，流下泪来。宝玉见了，不敢说破，只说些没要紧的话，并和黛玉一起去蘅

　　凤姐听说了贾琏在外娶新奶奶的事，便将旺儿、兴儿叫过来训话，了解究竟是什么情况。

　　芜院向宝钗道谢。宝钗劝黛玉平常要经常出来走走，不要老闷在屋里。

　　袭人去看望凤姐，发现凤姐那里好像要发生大事的样子，于是坐了一会儿，便告辞了。袭人走后，凤姐问平儿："你到底是怎么听说的？"平儿说："头里的小丫头听外头的两个小厮说，'这个新二奶奶比咱们旧二奶奶还俊呢，脾气也好'。旺儿听了忙拦住，不让说。"

　　凤姐便将旺儿叫进来，问他贾琏偷偷娶尤二姐之事。旺儿推说自己也不知道，只是听兴儿和喜儿说了，他才阻止的，并不知道内情。凤姐便命他叫兴儿过来。兴儿刚进来，凤姐便道："好小子啊！你和你爷办的好事啊！你只实说罢！"兴儿吓得忙跪下磕头道："奶奶问的是什么事？"凤姐大怒，喝道："打嘴巴！"旺儿过来才要打时，凤姐儿骂道："叫他自己打！"那兴儿真个自己左右开弓，打了自己十几个嘴巴。

　　凤姐儿喝声"停住"，问道："你二爷外头娶新奶奶的事，你大概不知道啊。"兴儿听说，自知此事瞒不住，便将贾蓉怎么哄骗贾琏偷偷娶尤二姐，贾珍怎么让张家退婚，连尤三姐和柳湘莲之事，也都老老实实地说了。

凤姐听完，命兴儿和旺儿不许将今日之事泄露出去。两人连忙答应出去了。凤姐歪在枕上，越想越气，忽然眉头一皱，计上心来。

 **天有不测风云，人有旦夕祸福。**

薛蟠一见，说："嗳（ài）哟，可是我怎么就糊涂①到这步田地了！特特②的给妈和妹妹带来的东西，都忘了，没拿了家里来，还是伙计送了来了。"宝钗说："亏你说还是'特特的带来'的，才放了一二十天，要不是'特特的带来'，大约要放到年底下才送来呢。我看你也诸事太不留心了。"薛蟠笑道："想是在路上叫人把魂打掉了，还没归窍（qiào）③呢。"

注释：①糊涂：这里指头脑不清醒。②特特：特地，特意。③归窍：迷信说法，是指失去的灵魂回归原来的地方。

课外试题

不在意尤三姐的死活，却关心爱护黛玉，这是否表明宝钗是个虚伪的人？为什么？

不是。因为她与尤三姐本不相识且尤三姐举止作为有争议，而关心黛玉则是她理解黛玉、与黛玉情同姐妹。

第六十八回

酸凤姐
大闹宁国府

点  题

> 凤姐哄骗尤二姐进贾府,又派旺儿唆使张华状告贾琏,紧接着去宁国府大闹,目的是让贾蓉等人不敢管尤二姐之事,并趁机讹(é)了贾蓉五百两银子。

　　贾琏前脚刚去平安州办事,凤姐后脚便去花枝巷的新房见尤二姐。两人见了面行完礼,刚坐下,凤姐便诉苦说:"因我管家太严,导致奴仆怨恨诽谤(fěi bàng),名节受损,我今天来是求姐姐进府和我同住,让我恢复名声。如果姐姐不愿意,我情愿在这里服侍姐姐,只求姐姐在二爷面前替我说说好话。"说着,就哭了起来。

　　尤二姐听了,以为凤姐是好人,便跟她进了贾府。凤姐先安排尤二姐在李纨处住下,又将尤二姐的丫鬟辞退,派自己的丫鬟善姐去服侍尤二姐。三天后,尤二姐见善姐不听自己的使唤,说了她几句,善姐就乱叫起来。尤二姐怕人笑话只得忍着,善姐渐渐地连饭都不给她端了。

　　凤姐又命旺儿指使张华去有司衙门状告贾琏"国孝、家孝之中,停妻再娶"。张华刚告状,就有人来将此事告诉贾蓉和贾珍。贾珍立刻封了二百两银子让人去打点察院。这两父子正在商量对策,就见凤姐进来了。

025

凤姐使计让尤二姐之前定的亲家去官府状告贾琏，借此事去宁国府大闹，痛斥尤氏，拉着尤氏就要去官府，贾蓉急得跪下求凤姐息怒。

贾珍忙躲往别处去了。

凤姐带着贾蓉到上房，见了尤氏，照脸就是一口唾沫（tuò mo），说道："你尤家的丫头没人要了，国孝、家孝两重在身，就把个人送来了，让人家告我们，如今咱们一同去见官，说个明白。"一面说，一面大哭，拉着尤氏，只要去见官。

急得贾蓉跪在地下磕头，只求"姑娘婶子息怒"。凤姐又滚到尤氏怀里大哭："给你兄弟娶亲我不恼。你妹妹我也亲身接来家里，谁知又有了人家的。如今告我，我只得偷偷拿太太的五百两银子去打点。"说了又哭，哭了又骂。尤氏无言以对，只骂贾蓉："孽障（niè zhàng）种子！和你老

子做的好事！我就说不好的。"

凤姐儿听说，哭着两手搬着尤氏的脸紧对相问道："你的嘴里难道有茄子塞着？为什么不告诉我？你要是告诉我，怎会经官动府，闹到这步田地？"尤氏也哭道："我怎么不劝，也要他们听。叫我怎么样呢？"

此时，众姬（jī）妾、丫鬟、媳妇已经乌压压跪了一地，赔笑求情，贾蓉也不停地磕头求饶。凤姐不好再骂，便换了一副面孔，反而跟尤氏赔礼道歉，又请尤氏转告贾珍摆平官司。尤氏和贾蓉连忙答应，不仅答应给凤姐五百两银子弥补损失，而且求凤姐在贾母等人面前帮着说好话。

凤姐这才假惺惺地说道："我领了你妹妹去给老太太、太太磕头，说是你妹妹，我看上了很好，愿意娶来做二房，先领进来暂住，等满了服再圆房。"尤氏和贾蓉听了，虽明知凤姐说的是假话，但也只得当面称赞凤姐宽宏大量，足智多谋。

妻贤夫祸少，表壮不如里壮。
舍得一身剐（guǎ），敢把皇帝拉下马。

凤姐见了贾蓉这般，也再难往前施展①了，只得又转过了一副形容言谈来，与尤氏反赔礼说："我是年轻不知事②的人，一听见有人告诉了，把我吓昏了，不知方才怎样得罪了嫂子。可是蓉儿说的'胳膊折了往袖子里藏③'，少不得嫂子要体谅我。还要嫂子转替哥哥说了，先把这官司按下去才好。"尤氏贾蓉一齐都说："婶子放心，横竖一点儿连累不着叔叔。婶子方才说用过了五百两银子，少不得我娘儿们打点五百两银子与婶子送过去，好补上的，不然岂有反教婶子又添上亏空之名，越发我们该死了。但还有一件，老太太，太太们跟前婶子还要周全方便，别提这些话方好。"

注释：①施展：表现、展露（才华、能力等）。②知事：通晓事理；懂事。③胳膊折了往袖子里藏：比喻庇护自家人的短处。

凤姐是真心邀请尤二姐进贾府的吗？为什么？

凤姐不是真心邀请尤二姐进贾府的，因为她就算尤二姐进府，随时伺机行事，要置尤二姐于死地的。

第六十九回

尤二姐吞生金自逝

人物	性格	别名	身份
尤二姐	善良柔弱、温柔多情	二奶奶	贾琏的二房、尤氏的异父异母妹妹

点题

凤姐贿赂（lù）都察院将尤二姐判给张华。贾蓉却威迫张华父子离开京城。凤姐一计不成，又用借刀杀人之计，借秋桐之手逼得尤二姐吞金自尽。

　　凤姐带尤二姐去见贾母。贾母问道："这是谁家的孩子？"凤姐笑道："老祖宗先别问，只说比我俊不俊。"贾母戴了眼镜，先上下打量尤二姐，看了尤二姐的手后，又让鸳鸯揭（jiē）起尤二姐的裙子看脚，看完笑道："是个齐全孩子，我看比你俊些。"

　　凤姐听说，便笑着将跟尤氏商议好的话说了一遍。贾母听了，说道："你这样贤良，很好。只是一年后才可以圆房。"凤姐又命人带尤二姐去见邢夫人和王夫人，此后尤二姐便挪到凤姐的东厢房居住了。

　　凤姐命人调唆张华，叫他向督察员告状，只索要原妻。都察院收了贿赂，便将尤二姐判给了张华。凤姐吓得将此事告诉了贾母。尤二姐听了，告诉贾母："我母亲确实给他银子退亲了。"贾母便命凤姐去办理。凤姐命人去找贾蓉。贾蓉虽然明白凤姐的意思,但让张华将尤二姐领回去,成何体统?便命人去威胁张华父子,张华父子吓得逃离了京城。

凤姐知道张华父子逃走后,怕张华泄露自己命他告状之事,就命旺儿设计杀害张华,以绝后患(huàn)。旺儿不敢下手,谎称张华父子半路被强盗杀害了。贾琏回来,才知尤二姐已被接进贾府。贾赦又将房中的丫鬟秋桐赏给他做妾。凤姐听了暗恨,却只得摆好酒席,笑脸迎接秋桐。

凤姐在外待尤二姐如同姐妹,无人时却用话语讥讽尤二姐,说尤二姐做女儿时就不干净,府中上下无人不知。凤姐院中除了平儿,众丫头媳妇无不言三语四,指桑骂槐(huái),暗相讥刺尤二姐。凤姐每日命人端给尤二姐的饭菜都是很糟糕的食物。秋桐因是贾赦所赐,连凤姐都不放在眼里,哪里容得下尤二姐?在凤姐的挑拨下,天天去骂尤二姐。

尤二姐哪里忍受得住这样的折磨,不到一个月就病倒了。这天,贾琏来尤二姐的房中。尤二姐便悄悄告诉贾琏她怀孕了。贾琏听了,忙请

凤姐将尤二姐带到贾母面前,请贾母相看尤二姐。

胡太医来看。谁知尤二姐吃了胡太医开的药，竟将一个成形的男胎打了下来。贾琏气得命人去抓胡太医，谁知胡太医早就逃得无影无踪了。

凤姐又暗使算命的说秋桐冲了尤二姐，劝秋桐出去躲避，气得秋桐到尤二姐窗下大哭大骂。平儿夜里悄悄来劝慰尤二姐。平儿走后，尤二姐心想自己这病治不好了，何苦在这里受气，不如一死，倒还干净。她想起有人说吞生金可以自尽，便挣扎起身，打开箱子，找出一块生金，含泪放入口中，咽了下去。接着，尤二姐又将衣服首饰穿戴齐整，上炕躺下了。第二天，众人才发现尤二姐吞金自尽了。平儿和贾琏都悲痛不已，凤姐也假意哭了几声。

贾琏向王夫人讨了梨香院停放灵柩五日，之后再挪到铁槛寺去。王夫人同意后，贾琏忙命人去开了梨香院的门，收拾出正房来停灵。贾琏又嫌后门出灵不像样，便对着梨香院的正墙上通街现开了一个大门。

贾蓉也过来哭过一场，并向贾琏暗示尤二姐是被凤姐害死的。贾琏

发誓要为尤二姐报仇。贾琏又问凤姐要银子办丧事，凤姐推说没有。贾琏打开尤二姐的箱柜拿自己的私房钱，只见里面空空如也。幸好平儿偷偷将二百两银子给他，才让他顺利办理了丧事。

经典名句

人命关天，非同儿戏。
天网恢（huī）恢，疏而不漏。

经典原文

贾母又戴了眼镜，命鸳鸯琥珀："把那孩子拉过来，我瞧瞧肉皮①儿。"众人都抿嘴②笑着，只得推她上去。贾母细瞧了一遍，又命琥珀："拿出手来我瞧瞧。"鸳鸯又揭起裙子来。贾母瞧毕，摘下眼镜来，笑说道："更是个齐全③孩子，我看比你俊些。"凤姐听说，笑着忙跪下，将尤氏那边所编之话，一五一十细细的说了一遍，"少不得老祖宗发慈心，先许他进来，住一年后再圆房。"贾母听了道："这有什么不是。既你这样贤良，很好。只是一年后方可圆得房。"凤姐听了，叩头起来，又求贾母带着两个女人一同带去见太太们，说是老祖宗的主意。贾母依允，遂使二人带去见了邢夫人等。

注释：①肉皮：这里指皮肤。②抿嘴：轻闭嘴唇。③齐全：这里指（有手有脚）一点不缺。

课外试题

尤二姐怎样做才能在贾府生存下去？

答案：尤二姐应低调隐忍，向凤姐示弱，搞好自身外部关系，才可能在贾府生存下去。

第七十回

林黛玉重建桃花社

人物	翠缕
性格	天真活泼，豪爽可爱
别名	缕儿
身份	史湘云的丫鬟

点题

仲春时节，众人看了黛玉的《桃花行》诗后，决定重建诗社。后因杂事繁多，诗社没建成。暮春时湘云填了一首柳絮（xù）词，黛玉见了，便邀请众人填写柳絮词。

近段时间，因探春、李纨管家，诗社很久没办了。初春时节，一天宝玉刚醒，便听见晴雯、麝月等正在玩闹，宝玉来看后也加入其中。忽然湘云的丫鬟翠缕来说："请二爷去瞧好诗。"宝玉听了，忙问："哪里的好诗？"翠缕笑道："姑娘们都在沁芳亭上，你去了便知。"宝玉赶忙梳洗，然后跟她去了沁芳亭，果见黛玉、宝钗等都在那里，手里拿着一篇诗看，见了他都笑道："我们的诗社散了一年，也该重建了。"

湘云笑道："这首桃花诗很好，就把海棠社改作桃花社。"众人都说："咱们这就找稻香老农去，大家议定才好起社。"说着，便都往稻香村来。宝玉边走边看那纸上写的《桃花行》诗，看完并不称赞，反而落下泪来。宝玉知道这诗出自黛玉之手，又怕众人看见自己落泪，忙自己拭了，问道："从哪得来的这首诗？"宝琴笑道："你猜是谁做的？"宝玉笑道："自然是潇湘妃子所作。"宝琴笑道："其实是我作的呢。"宝玉笑道："我不信。

这风格完全不像蘅芜之体。"宝钗笑道:"难道每个人作诗只有一个风格吗?"宝玉笑道:"虽是这样说,但姐姐你肯定不会让妹妹作这种哀伤的诗。"众人听后,都笑了。

到了稻香村,李纨看了黛玉的诗也称赞不已,又和大家议定明天起社,将海棠社改为桃花社,黛玉为社主,明日饭后,大家一起到潇湘馆会和。正说着,就听说王子腾夫人来了,众人只得出去陪伴。次日是探春生日,家中摆酒,又不得空闲。这天,贾政又来信说,六月中旬到京城。宝玉怕贾政查他功课,只得临阵磨枪,天天临字帖,赶功课。黛玉怕影响他,便装作不耐烦,不起诗社了。

暮春之际,史湘云见柳絮飘舞,写了一首《如梦令》,拿给黛玉,又建议重建诗社填词。黛玉觉得这个主意不错,便命人将众人都请来,又拟了题和韵律,写了贴在墙上。

宝钗等来看时,发现是以柳絮为题,限各色小调。大家又看了湘云的词,都赞叹不已。紫鹃点了一支梦甜香,大家思索起来。不久黛玉、

宝琴和宝钗都有了。探春才有半首，宝玉嫌自己写得不好，抹去想另作，谁知香烧完了。宝玉见探春才写了半首《南柯子》，便提笔将后半首继上。

众人看了黛玉的《唐多令》，都说："太作悲了。"看了宝琴的《西江月》，笑道："到底是她的声调壮。"宝钗笑道："总不免过于丧败。我想，柳絮原是一件轻薄无根无绊的东西，偏要说它是好的，才不落套。所以我写的这首，只怕不合你们的心意。"

大家都说："不要太谦，自然是好的。"说着，便一起看宝钗写的词《临江仙》。当读到"好风频借力，送我上青云"时，众人都拍案叫绝，说道："写得好，当选这首为第一。小薛与蕉客今日落第，要受罚的。"宝琴笑道："交白卷子的怎么罚？"李纨道："不用忙，自然要重重地罚。"

话没说完，就听丫鬟说："一个大蝴蝶风筝挂在竹梢（shāo）上了。"大家出去看后，都想放风筝，顺便将晦（huì）气放了，便让丫鬟们去拿风筝。放完风筝，大家便散了。

黛玉与园中众姐妹重建诗社，正在看各姐妹作的诗，有丫头来说有风筝挂竹梢上了。

宝玉拜读桃花诗示意图

036

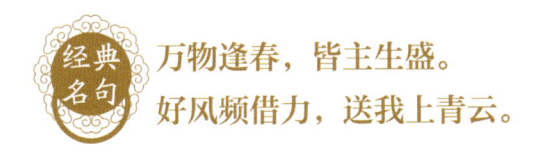

经典名句 万物逢春，皆主生盛。
好风频借力，送我上青云。

经典原文 众人都笑说："到底是她的声调壮。'几处''谁家'两句最妙。"宝钗笑道："总不免过于丧败①。我想，柳絮原是一件轻薄无根无绊②的东西，依我的主意，偏要把它说好了，才不落套③。所以我诌（zhōu）了一首来，未必合你们的意思。"众人笑道："不要太谦。我们且赏鉴，自然是好的。"因看这一首《临江仙》道是：

白玉堂前春解舞，东风卷得均匀。

湘云先笑道："好一个'东风卷得均匀'！这一句就出人之上了。"又看底下道：

蜂团蝶阵乱纷纷。几曾随逝水，岂必委芳尘。

万缕千丝终不改，任他随聚随分。

韶华休笑本无根，好风频借力，送我上青云！

众人拍案叫绝，都说："果然翻得，好气力自然是这首为尊。缠绵悲戚，让潇湘妃子；情致妩媚，却是枕霞；小薛与蕉客今日落第，要受罚的。"

注释：①丧败：这里指颓（tuí）丧破落。②无根无绊：比喻行踪无定。③落套：落入俗套。

课外试题

仲春时节，园中姐妹想重建诗社，为什么没建起来？

答案 因为接连发生相继以及薨逝等事，又王夫人时常因他思念宝玉，潸然泪下，所以虽有此意也终未提起。

第七十一回

鸳鸯女
无意遇鸳鸯

人物 司棋

性格 痴情刚烈、勇敢叛逆

身份 贾迎春的大丫鬟、王善保的外孙女

点 题

贾母生日，邢夫人因小人挑拨离间让凤姐当众没脸。凤姐气得回房偷哭。鸳鸯知道了，悄悄告诉贾母。鸳鸯奉贾母之命去园中传话，回来时遇见司棋与人私会。

　　贾政回家后，家中事务一概不管，只与家人共享天伦之乐。这年八月初三是贾母的八旬大庆。因为亲友全来，怕筵（yán）宴排设不开，贾政便和贾赦及贾珍、贾琏等商议，自七月二十八日起至八月初五日止，宁荣两处齐开筵宴。宁国府中单请官客，荣国府中单请堂客。贾母陪宾客看戏时，南安太妃请贾府众姑娘出来相见。贾母便命凤姐只将史湘云、薛宝钗姐妹、林黛玉和探春带来，拜见南安太妃。

　　次日，贾府全族长幼大小一起为贾母庆生。贾母见族中各房孙女中，喜鸾（luán）和四姐聪明漂亮，便让她们留在园子里玩几天。到晚上散席时，众人还未走，邢夫人忽然和凤姐说："听说昨个二奶奶生气，绑了两个婆子？我想老太太生日，平日里还舍钱舍米，周贫济老，现在反倒先折磨起人来了。就算不看我的面子，看在老太太的份上，将人放了吧。"说完，就上车去了。

王夫人见了,便问凤姐是什么事。凤姐便将昨天晚上有两个婆子不听尤氏的传唤,还和尤氏的丫鬟吵嚷(rǎng),自己知道后便命人绑了二人准备送去给尤氏处置之事说了。尤氏笑道:"我倒不知道,你也太多事了。"凤姐道:"我为你脸上过不去。就如我去你府上,遇到这样的事,你也会送来给我发落。"王夫人便说:"你太太说的也没错,老太太生日要紧,把人放了吧。"凤姐听了,又气又愧,越想越委屈,便落下泪来,又不想让人看见,便回房偷偷哭。

不久,凤姐来给贾母回话时,鸳鸯突然走过来,不停地看凤姐的脸,又告诉贾母,凤姐的眼睛肿肿的。贾母叫凤姐过来给她瞧,凤姐撒谎说,眼睛发痒,被自己揉肿了。晚上,鸳鸯等人都走后,才对贾母说道:"二

贾母八十大寿,南安太妃来拜寿,并见了黛玉、宝钗等众姐妹。

鸳鸯撞见司棋幽会示意图

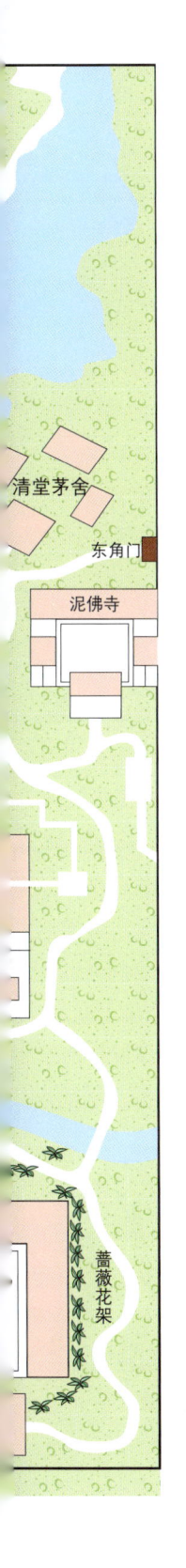

奶奶那是哭的。大太太当着众人给奶奶没脸。"贾母询问原因，鸳鸯便将缘由说了一遍，贾母道："这才是凤丫头知礼，难道就因为我生日，由着奴才将主子都得罪了不成。"正说着，见宝琴等人过来，也就不说了。

见到宝琴，贾母忽然想起一件事，便唤一个婆子来，命她去园子里传话，不可怠慢喜鸾和四姐。鸳鸯听了，说道："我说去吧，她们哪里听她的话。"说着，就往园子里去了。鸳鸯先到稻香村中，发现李纨与尤氏都不在这里，听丫鬟们说这两人都在三姑娘那里。鸳鸯便回身又来到晓翠堂，果然看见那几人正在说笑。鸳鸯进去，传完话，同众人说笑几句，不久就回去了。

鸳鸯刚至园门前，只见角门虚掩，还没有上闩（shuān）。此时，园内无人来往，鸳鸯因要小解，便走到一块大山石的后面。鸳鸯刚转过石头后面，看见两个人在那里，见她来了，便往石后树丛藏躲。鸳鸯借着月色看出其中一人是迎春房里的大丫鬟司棋，便开玩笑地喊她，让她出来。司棋见躲不过，便从树后跑出来，一把拉住鸳鸯，双膝跪下，满脸红胀，流下泪来。鸳鸯被她这行为弄得有些迷惑，再一回想，另一个人影恍惚（huǎng hū）像个小厮，心下便猜疑了八九，后来询问司棋，才知道是司棋和她表弟在此私会。这两人怕事情败露，苦苦哀求鸳鸯保密。鸳鸯无法，只得答应替他们保密。

经典名句
清水下杂面，你吃我看见。
一个富贵心，两只体面眼。

经典原文

鸳鸯只当他和别的女孩子也在此方便,见自己来了,故意藏躲恐吓着耍,因便笑叫道:"司棋你不快出来,吓着我,我就喊起来当贼拿了。这么大丫头了,没个黑家白日的只是顽不够。"这本是鸳鸯的戏语,叫她出来。谁知她贼人胆虚①,只当鸳鸯已看见她的首尾②了,生恐③叫喊起来,使众人知觉,更不好;且素日鸳鸯又和自己亲厚,不比别人,便从树后跑出来,一把拉住鸳鸯,便双膝跪下,只说:"好姐姐,千万别嚷!"鸳鸯反不知因何,忙拉她起来,笑问道:"这是怎么说?"司棋满脸红胀,又流下泪来。鸳鸯再一回想,那一个人影恍惚像个小厮,心下便猜疑了八九,自己反羞的面红耳赤,又怕起来。因定了一会,忙悄问:"那个是谁?"司棋复跪下道:"是我姑舅兄弟。"

注释: ①胆虚:指胆怯,心里不踏实。②首尾:这里指男女私情。③生恐:生怕;唯恐。

课外试题

贾母为什么叫人去园中传话?

答案 怕园子中的丫鬟婆子不守规矩。

第七十二回

王熙凤恃强羞说病

人物 彩霞
性格 心思缜密、果断干练
身份 王夫人的大丫鬟

点 题

鸳鸯探望凤姐，从平儿口中得知凤姐得了重病。贾琏向鸳鸯借当，未得准信，便让凤姐帮说好话。凤姐趁机让他派人去彩霞家给旺儿的儿子说亲。

司棋自小和她表兄相识，长大后情投意合，私定终身。这天，两人在园中私会，不料被鸳鸯撞见。司棋担心事情败露，吓得茶饭不思，又听说她表兄逃走了，担心气恼之下便生病了。鸳鸯听说，忙过去安慰她，并发誓（shì）诅咒绝不说出一个字。司棋感动得哭了。

鸳鸯辞别司棋后，顺路来看望凤姐。正巧凤姐午睡，鸳鸯便跟平儿在外间聊天。鸳鸯问道："你奶奶这两日怎么懒懒的？"平儿叹道："她一月前便是这样。这几日忙乱又受了闲气，便露出马脚来了。"鸳鸯忙问："怎么不请大夫医治？"

平儿说道："她那脾气，别说看病吃药，我看不过，问她身体怎么样，反而说我咒她得病。都这样了还不肯好好调养身体。"接着，平儿又将凤姐的病症说出来。鸳鸯听了，失声说凤姐得的是"血山崩"，并说她姐姐就是因这病去世的。

043

二人正说着，就见贾琏回来了。贾琏见到鸳鸯，坐下和她闲聊了几句后，便开口说道："因老太太过生日，银子都花了，这回接不上了。说不得，姐姐担个不是，暂且把老太太查不着的金银家伙偷着运出来，当了银子支撑过去。等有了银子就赎（shú）回来。"鸳鸯还没答应，就见贾母命人来找她，便出去了。

贾琏进去看凤姐，凤姐问："她答应了吗？"贾琏笑："你晚上再和她说说，就有十成把握了。"平儿知道凤姐的心思，趁机向贾琏要二百两谢礼。贾琏原来不肯，因说不过凤姐刚松口答应，就见旺儿家的来请凤姐说媒。

原来，旺儿家的儿子想娶彩霞为妻，但彩霞的父母不同意。凤姐示意旺儿家的去求贾琏。贾琏因有求于凤姐只得答应。凤姐又说因府中没钱，她已经当了好多东西，又命旺儿家的尽快将她放的高利贷（dài）收回来。

正说着，就见夏太监打发人来借二百两银子。凤姐只得让平儿把金项圈拿去当了，才有钱将小太监打发走。贾琏回到书房，林之孝来告诉贾琏，旺儿的儿子整天喝酒赌钱，彩霞若嫁了他，一辈子就毁了。贾琏听了，觉得这样的人不配娶妻，便没派人去彩霞家说亲。谁知，凤姐已命人将彩霞的母亲叫来，亲自说媒，彩霞的母亲不敢得罪凤姐，只得答应了。

彩霞不愿意嫁给旺儿的儿子，便让她的妹妹去求赵姨娘。赵姨娘撺掇（cuān duo）贾环去向贾政讨彩霞做妾。贾环不愿意。赵姨娘只得亲自去求贾政。贾政说这事他已有人选，一个给宝玉，一个给贾环，只是他们兄弟年纪还小，又怕他们误了念书，要再等一二年再提。

经典名句

浮萍尚有相逢日，人岂全无见面时？
求人不如求己。
宁撞金钟一下，不打破鼓三千。

经典原文

贾琏笑道："好人，你若说定了，我谢你如何？"凤姐笑道："你说，谢我什么？"贾琏笑道："你说要什么就给你什么。"平儿一旁笑道："奶奶倒不要谢的。昨儿正说，要作一件什么事，恰少一二百银子使，不如借了来，奶奶拿一二百银子，岂不两全其美。"凤姐笑道："幸亏提起我来，就是这样也罢。"贾琏笑道"你们太也狠了。你们这会子别说一千两的当头，就是现银子要三五千，只怕也难不倒。我不和你们借就罢了。这会子烦你说一句话，还要个利钱，真真了不得。"凤姐听了，翻身起来说："我有三千五万，不是赚的你的。如今里里外外上上下下背着我嚼说我的不少，就差你来说了，可知没家亲引不出外鬼来。我们王家可那里来的钱，都是你们贾家赚的。别叫我恶心了。你们看着你家什么石崇邓通。把我王家的地缝子扫一扫，就够你们过一辈子呢。说出来的话也不怕臊！现有对证：把太太和我的嫁妆细看看，比一比你们的，那一样是配不上你们的。"

注释：①顽话：玩话，嬉笑的言语。②衔口垫背：指古时殓（liàn）葬时的一种习俗。③肝火盛：这里指人爱生气，易着急。

课外试题

贾琏明明答应了凤姐，为什么又不肯给旺儿家的儿子说亲？

因为旺儿的儿子酗酒赌博，是个不学无术的人，贾琏觉得他不配娶彩霞。

答案

第七十三回

傻大姐误拾绣春囊

人物 绣橘
性格 争强好胜、伶牙俐齿
身份 迎春的丫鬟

点 题

邢夫人在园中看到傻大姐捡到的绣春囊，心中诧异，去找迎春训斥她放纵下人。邢夫人刚走，绣橘与王柱儿媳妇便因累金凤吵起来，迎春却置身事外。

赵姨娘正和贾政说话，突然听到外面一声响，后来发现是外间窗户没扣好。怡红院中，宝玉刚睡下，就见赵姨娘的丫头小鹊走进来，对他说："你小心，明天老爷可能问你话。"说完就走了。

宝玉听了，怕贾政检查他功课，便挑灯夜读，读了这个，又怕问的是那个，正焦躁（zào）不安，突然见芳官跑进来，说："不好了，一个人从墙上跳下来了！"众人听了，忙各处寻找。晴雯趁机让宝玉装病，正中宝玉下怀。晴雯和芳官又故意将事情闹大，让大家都知道宝玉被吓病了。

王柱儿的媳妇以累丝金凤为由，要求迎春去为乳母求情，迎春不愿意，她便和迎春的丫鬟吵了起来，正巧园子里的众姐妹过来探望迎春。

贾母知道后，担心上夜的人就是贼。探春只得告诉贾母，最近上夜的人经常开赌局。贾母担心守夜的人夜间赌钱，会引出藏贼引奸引盗之事，命人立即查夜间赌博之事。经过盘查，查得大头家三人，小头家八人，聚赌者通共二十多人。这三个大头家，一个是林之孝家的两位姨亲家，一个是园内厨房柳家媳妇的妹妹，另一个是迎春的乳母。贾母命人将那些人的赌具烧了，将收缴的钱入官散众，又将为首者打四十大板，撵出去；从者打二十大板，革去三个月月钱。

贾母午休时，邢夫人去看迎春，路上遇到贾母的粗使丫鬟傻大姐，拿着一样东西，一边看一边笑。邢夫人便叫傻大姐拿来给她看，谁知接过来一看，竟是个绣春囊（náng）。邢夫人吓得紧紧握住，又命傻大姐不要告诉别人。傻大姐连忙答应，磕了头，呆呆地去了。

邢夫人一见迎春，便责怪她没有好好管束自己的乳母。迎春听了，半晌答道："她是妈妈，只有她说我的，没有我说她的。"邢夫人道："胡说！你不好了她原该说，如今她犯了法，你就该拿出小姐的身份来。她敢不从，你就回我去才是。"接着，邢夫人又训了迎春一顿才出去。

邢夫人刚走，丫鬟绣橘便劝迎春，向凤姐说出乳母偷拿走攒（cuán）珠累丝金凤去当了当赌资的事。谁知，迎春乳母的儿媳知道后，却以归还累丝金凤为条件，要挟迎春去向贾母求情，将她婆婆救出来，见迎春拒绝她，便和绣橘、司棋吵起来。

迎春劝她们别吵，见她们不听，便拿《太上感应篇》来看。可巧宝钗、黛玉、宝琴、探春等来看她，在院子中听到累金凤之事。探春命侍书去找平儿过来。平儿来后，问迎春怎么处置她乳母的儿媳。迎春却说她不管，只任凭大家处置。众人听了，都觉得她的话好笑。

经典名句

守如处女，出如脱兔。

物伤其类，齿竭（jié）唇亡。

虎狼屯（tún）于阶陛，尚谈因果。

经典原文

这痴丫头原不认得是春意，便心下盘算："敢是两个妖精打架？不然必是两口子相打。"左右猜解不来，正要拿去与贾母看，是以笑嘻嘻的一壁看，一壁走，忽见了邢夫人如此说，便笑道："太太真个说的巧，真个是狗不识呢。太太请瞧一瞧。"说着，便送过去。邢夫人接来一看，吓得连忙死紧攥（zuàn）住①，忙问"你是那里得的？"傻大姐道："我掏促织②儿，在山子石后头拣的。"邢夫人道："快别告诉人！这不是好东西，连你也要打死呢。因你素日是个傻丫头，以后再别提起了。"这傻大姐听了，反吓得黄了脸，说："再不敢了。"磕了头，呆呆③而去。邢夫人回头看时，都是些女孩儿，不便递与，自己便塞在袖内，心内十分罕异，揣摩此物从何而至，且不形于声色，且来至迎春室中。

注释：①攥住：用手紧紧握住。②促织：蟋蟀的别名。③呆呆：这里形容傻乎乎的样子。

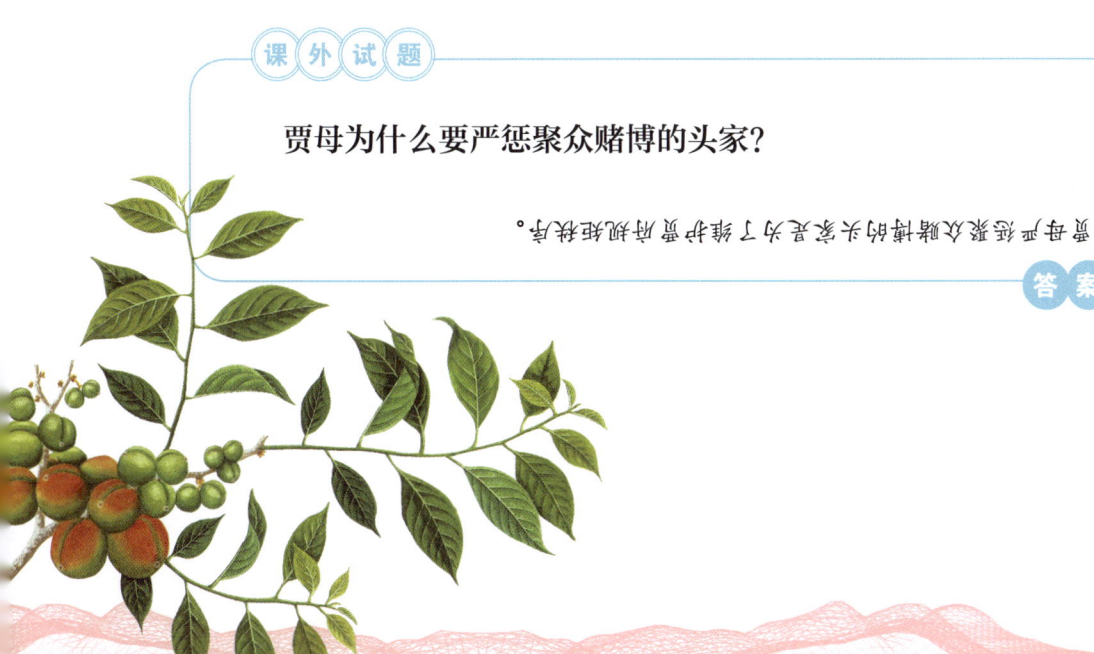

课外试题

贾母为什么要严惩聚众赌博的头家？

答案：贾母正是抓住聚赌的头家是为了强抑事态的进一步发展。

第七十四回

惑奸谗
抄检大观园

人物	性格	身份
王善保家的	欺软怕硬、恶毒自私	邢夫人的陪房、司棋的外婆

点题

王夫人和凤姐商议后,决定派人抄检大观园,因见邢夫人的陪房王善保家的也来了,便命她一起查访,结果从司棋处查到了赃物。

　　平儿等正觉得迎春的话好笑,突然见宝玉来了。平儿出去时,王柱儿媳妇紧跟在后百般央求。后来,她听平儿说将攒珠累丝金凤赎(shú)回就饶了她,连忙拜谢,赎累丝金凤去了。

　　平儿回房,听凤姐说现在她搁手不多管闲事了。正说着,突然见王夫人走进来,将绣春囊扔过来,含泪问道:"这东西,你怎么遗失在园子里?"凤姐忙说了一堆理由来证明自己和平儿的清白。王夫人见她说得句句在理,便告诉凤姐绣春囊是邢夫人命人给她的,把她气了个半死。

　　凤姐趁机说:"太太快别生气,不如以查赌为由,将年纪大或难缠的,拿了错撵出去,也好省些费用。"王夫人叹道:"你这几个姐妹,每人只有两三个丫头像样儿,还要裁革了去,我于心不忍,只命人暗访吧。"

　　说完,王夫人便让凤姐命人将周瑞家的、吴兴家的等五家陪房叫进来,因见邢夫人的陪房王善保家的也来了,便让她一起去园子中查访。王善保家的趁机向王夫人说晴雯的坏话。王夫人便命人将晴雯叫来训了

凤姐和王善保家的因为绣春囊一事带人抄检大观园。

一顿,气得晴雯回去时,边哭边走。

晚饭后,等贾母睡了,宝钗等人进了园子后,王善保家的就请了凤姐一起进园子。刚到园子就命人将角门都上锁,从上夜的婆子处抄起,结果只抄出些剩余的蜡烛。于是,一行人先到怡红院中。凤姐一见到宝玉就说:"丢了一件要紧东西,怕是丫头们拿的。"王善保家的带着人搜了一会儿,并没找到私弊之物,便和凤姐离开了怡红院。凤姐向众人提议不要抄检宝钗的屋子,王善保家的也说不该抄到亲戚家去。两人一边说一边走到了潇湘馆内。此时,黛玉已经睡下,忽然见这么多人来,也不知为何事,才要起来,就见凤姐已走进来,按住她,让她不必起来,

王熙凤抄检大观园示意图

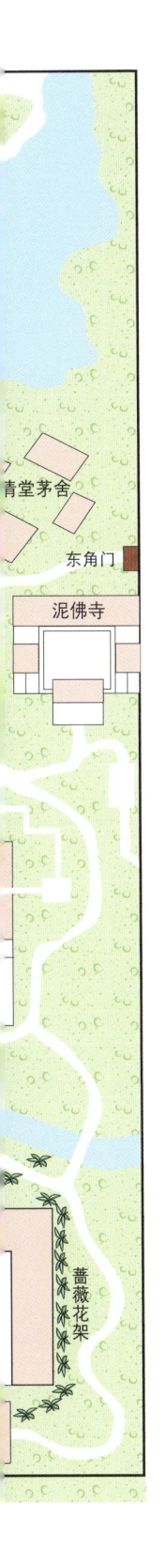

并说:"睡吧,我们就走。"接着,又同黛玉说几句闲话。那边王善保家的进了丫鬟房,只找到几件宝玉小时候常用的物品。

凤姐等又到探春院内,此事早有人报知探春。探春便命众丫鬟秉(bǐng)烛开门而待。见众人来了,探春就让众丫鬟将自己的箱子打开,并对凤姐说只准搜她的,不能搜她丫鬟的,又说:"你们别忙,自然有你们抄的日子。可知这样大族人家,必须先从家里自杀自灭起来,才能一败涂地!"说完,流下了泪。凤姐等不敢搜查,只说已搜查完了。王善保家的却故意掀开探春的衣襟(jīn),嘻嘻笑道:"连姑娘身上我都翻了,果然没有什么。"凤姐刚要制止,王善保家的脸上早挨了探春一巴掌,吓得王善保家的躲到一边去了。探春喝道:"你是什么东西,敢来搜我的身。"说着,便亲自解开衣裙,拉着凤姐细细地翻,又说:"省得叫奴才来翻我身上。"凤姐连忙替她整理衣服,又骂了王善保家的几句,同平儿安慰了探春一番,服侍探春睡下后,才带着人到对面的暖香坞去。

此时,李纨仍然病在床上。她和惜春相邻,又和探春相近,因此,凤姐等就顺路先到这两处。李纨才吃了药睡着,不好惊动,凤姐等人只到丫鬟们房中搜了一遍,没抄检出什么物品,于是到惜春房中来。

凤姐等在惜春处搜出了入画的哥哥偷偷托人送来给她保管的金银和衣物。凤姐说如若这些东西真是哥哥托妹妹保管的,也不是什么大事,但是从外面传东西进来也是不对的,又问到传递的人是谁。惜春便说定是后门上的张妈。凤姐便命人记下,将东西且交给周瑞家的暂拿着,等查明了东西来源再说。

凤姐等辞别了惜春,来到迎春房中,从王善保家的外孙女儿司

053

棋的箱子中搜出了司棋的表兄送给司棋的定情之物，和一个约司棋在园中相会的字帖。凤姐见此时夜已深，不便盘问，便命两个婆子将司棋看守起来，带人拿了赃物回去，暂且先去歇息，等待明日料理。谁知，第二日凤姐便病倒了。

尤氏去看惜春，亲自证明入画的清白。谁知惜春仍要将入画撵走，并说以后自己也不回宁国府了。尤氏听了心中不自在，但不便跟惜春吵嘴，只得将入画带走。

经典名句

既有今日，何必当初。
百足之虫，死而不僵。
善恶生死，父子不能有所勖（xù）助。

经典原文

探春登时大怒，指着王家的问道："你是什么东西，敢来拉扯我的衣裳！我不过看着太太的面上，你又有年纪，叫你一声'妈妈'，你就狗仗人势[①]，天天作耗[②]，专管生事。如今越性[③]了不得了。你打谅我是同你们姑娘那样好性儿，由着你们欺负，就错了主意！你来搜检东西我不恼，你不该拿我取笑！"

注释：①狗仗人势：比喻倚（yǐ）仗某种势力欺压人。②作耗：作乱；任性胡为。③越性：更加。

课外试题

探春为什么打了王善保家的？

答案 因为她趁抄检大观园时故意掀探春的衣襟，无礼。

第七十五回

夜宴祠堂叹息声

人物	性格	别名	身份
贾兰	知书达理、自尊执拗（niù）	兰小子、兰哥儿	贾珠和李纨之子

点题

宝钗为避嫌搬出了大观园。八月十四宁国府开夜宴，突然祠堂传来悲叹声。八月十五荣国府众人在凸碧山庄赏月，玩击鼓传花游戏，贾政、贾赦都讲了笑话。

尤氏从惜春房中出来，想去见王夫人，听说甄家的人带着几个箱子慌慌张张地来见王夫人，她便去李纨那里。不久，宝钗也来了，借口薛姨妈不舒服，要搬出去。李纨听了，心中明白，笑道："好妹妹，你住一两天还进来。"宝钗只说："我出去了，让云丫头跟你住几天倒省事。"正说着，湘云和探春就来了。宝钗便说搬出去的事，探春道："很好。不但姨妈好了还来的，就是好了不来也使得。"尤氏笑道："这话奇怪，怎么撵（niǎn）起亲戚来了？"探春冷笑道："正是呢，有叫人撵的，不如我先撵。"接着，探春又告诉众人，她昨晚打了王善保家的。

快用饭时，湘云和宝钗回房间整理衣物，准备搬家。尤氏和探春去见贾母。贾母听王夫人说了甄家因何获罪，如今抄没了家产等话，心中不自在。正巧见了她们过来，贾母便打住话题，说："咱们不管别人家的事，商量咱们八月十五中秋赏月是正经。"王夫人便说都准备好了。说话间,丫鬟们已经摆好了桌子,预备晚饭。贾母吃完饭,看见尤氏吃的是下人的白粳(jīng)米饭,这才知道这几年旱涝(lào)不定,田庄的米都不能按数缴了。尤氏等人又陪贾母说了几句话。天黑后,贾母便让尤氏回去了。

尤氏回到宁国府,见大门口有四五辆大车,知道是贾珍在聚众赌博。原来,贾珍因丧期不得娱乐,便以习射为由,召集世家子弟比赛射箭,输的轮流做东,因此命人在天香楼下箭道内立了鹄(gǔ)子(箭靶的中心),并与众人约定每日早饭后来射鹄子。这些人都是富家子弟,都想卖弄自己家的好厨子,于是每天在宁府杀猪宰羊,俨(yǎn)然一场斗富比赛。贾赦、贾政不明就里,还让贾环、贾琮(cóng)、宝玉、贾兰等饭

贾珍在会芳园丛绿堂中带领妻子姬妾开夜宴,饮酒赏月。

后跟贾珍练习射箭。不久,贾珍便以歇臂养力为由,白天不再参加比射,晚上开始聚众赌博。

八月十四日那天早上,贾珍派人去问尤氏今日她是否要出门。原来,因府里正值丧期,不得过八月十五,于是贾珍提议晚上摆席,众人同乐。尤氏回答说,荣府那边凤姐与李纨都病着,她不去不行。说完,尤氏便换了衣服,依旧前往荣府,直到晚上方才回去。

当晚,贾珍果然在会芳园丛绿堂中,屏开孔雀,褥设芙蓉,带领妻子姬妾开夜宴,饮酒赏月。将近三更时,突然听到那边墙下有长叹之声,众人听后毛骨悚(sǒng)然。贾珍忙厉声问:"谁在那里?"尤氏说可能是墙外边的家里人。贾珍道:"胡说。这墙四面都没有下人的房子,况且

凸碧山庄中秋赏月示意图

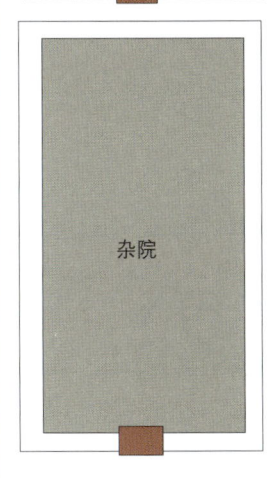

那边又紧靠着祠堂,哪里会有人。"突然一阵风吹过,众人恍惚听到祠堂内有门开阖(hé)之声,顿时觉得阴气森森,月色惨淡。众人都觉得毛发倒竖。贾珍酒醒了一半,勉强坐了一会儿,就回房休息了。

次日,贾珍一早起来,带领众子侄开祠堂行朔望之礼。贾珍仔细察看祠堂,都没发现怪异之处。晚饭后,贾珍夫妻一齐到荣府来。此时,贾赦、贾政已在贾母房内,陪贾母说话取乐。众人聚在一起说了一会话,贾母便起身带领众人一齐往园中来。

此时,大观园正门大开,吊着羊角大灯。嘉荫堂前月台上,焚着斗香,秉着风烛,陈献着瓜饼及各色果品。贾母带领众人上完香后,说道:"赏月在山上最佳。"说完,便命人在山脊上的大厅摆好物品。随后,众人搀扶着贾母上山。往山上走了不过百余步,便来到一座名为凸碧山庄的敞厅。

大家坐在一起做击鼓传花的游戏,花传到谁手中,谁便饮酒一杯，罚说笑话一个。结果，贾赦和贾政都被罚说了一个笑话。众人坐一起玩闹一会后，又行了一回酒令。贾母便吩咐贾赦等出去招待客人，自己再和姑娘们玩乐一回。贾赦等听了，共敬了贾母一杯酒，就带着子侄们离开了。

经典名句
除了朝廷治罪，没有砍头的。
巧媳妇做不出没米的粥。

经典原文
当下园之正门俱已大开，吊着羊角大灯。嘉荫堂前月台上，焚着斗香①，秉着风烛，陈献着瓜饼及各色果品。邢夫人等一干女客皆在里面久候。真是月明灯彩，人气香烟，晶艳氤氲（yīn yūn）②不可形状。地下铺着拜毯锦褥（rù）。贾母盥（guàn）手上香拜毕，于是大家皆拜过。贾母便说："赏月在山上最好。"因命在那山脊上的大厅上去。众人听说，就忙着在那里去铺设。贾母且在嘉荫堂中吃茶少歇，说些闲话。一时，人回："都齐备了。"贾母方扶着人上山来。

注释：①斗香：又叫香斗，将香束捆扎攒聚堆成塔形，点燃顶上一股，即从上到下层层燃尽。一斗香可燃一夜。②氤氲：指湿热飘荡的云气，烟云弥漫的样子。

课外试题

你认为贾珍是个什么样的人？为什么？

答案：贾珍是个不务正业、耽溺玩乐的人。因为他在居丧期间，仍然在聚众赌博，完全不顾及家族的声誉和礼法。

第七十六回

凹晶馆联诗悲寂寞

人物：邢夫人
性格：愚蠢懦弱、贪财吝啬
别名：大太太
身份：贾赦的续弦妻子

点题

凸碧山庄上传来悲凉的笛声，贾母有感于心，落下眼泪。黛玉和湘云在凹晶馆联诗，因黛玉诗句太悲凉，妙玉忙出来叫停，并带她们去喝茶。

贾母命重新摆了果蔬菜肴。众人盥（guàn）漱吃茶后，又团团坐下。贾母发现席上少了宝钗姐妹、李纨、凤姐四人，不由感叹人少，不够热闹。此时月至中天，更加精彩可爱，贾母说："如此好月，不可不闻笛。"说完，便命人让吹笛的女子到桂树下吹笛子。吹笛的女子刚走，就见有人来说贾赦崴（wǎi）了脚，贾母忙命两个婆子去看，又命邢夫人快去照顾。

邢夫人走后，贾母带大家赏了会桂花，刚入席坐下，就听那桂花树下，呜呜咽咽，悠悠扬扬，吹出笛声来。此时明月清风，天空地净，听此笛声，真令人烦心顿解，万虑齐除。笛声停止后，大家称赞不已。贾母见众人爱听，又命人再吹一套曲子。

不久，去看贾赦的婆子回来说："右脚肿了些，调服了药好些了。"贾母点头叹道："我也太操心。"鸳鸯拿大斗篷给贾母披上，又催她回去休

中秋夜，黛玉和湘云在凹晶馆联诗。

息，贾母却说："今儿高兴，你又来催。难道我醉了不成？偏到天亮。"

贾母说完，又命人斟酒。突然桂花荫里呜呜咽咽，袅（niǎo）袅悠悠，又发出一缕笛音来，比之前的曲子更加凄凉。贾母有感于心，禁不住落下泪来。众人也都感到凄凉寂寞，半日才知贾母伤感，这才忙转身赔笑劝慰。

尤氏给贾母说笑话时，发现贾母好像已经睡着了，忙停下将贾母轻轻推醒。贾母睁眼，见王夫人说四更天了，姐妹们都熬不过，回去睡了，只有探春还在。贾母听了，便回房休息了。其实，黛玉和湘云没去睡觉。原来，那黛玉见贾府这么多人，贾母还感叹人少，不禁对景伤怀，偷偷

去俯栏垂泪。湘云忙去劝她注意保养,又说:"可恨宝钗姐姐,早已说好中秋一起赏月作诗,今天却抛下我们,自己赏月去了。她们不作,我们两个一起联诗,明天羞羞她们。"

  黛玉见她这样劝导自己,不好负了她的豪兴,便和她到山下的凹晶馆,联起了五言排律。两人边联边评论诗句。因湘云联了一句"窗灯焰(yàn)已昏。寒塘渡鹤影",黛玉觉得自己联不上了,想了半天,才联道:"冷月葬花魂。"

  湘云拍手叫好,又说:"诗固然新奇,只是太颓丧了些。"黛玉笑道:"不如此,如何压倒你。"正说着,只见妙玉从山后转出来说:"果然太悲凉了，不必再往下联。到我那里去吃杯茶吧。"喝茶时，妙玉将两人的联句记录下，又提笔将诗句续完。黛玉和湘云看后都赞叹不已。因天快亮了，黛玉和湘云便告辞离去，一起去潇湘馆休息。

经典名句

卧榻（tà）之侧岂容他人酣睡。
得陇（lǒng）望蜀，人之常情。
事若求全何所乐。
寒塘渡鹤影，冷月葬花魂。

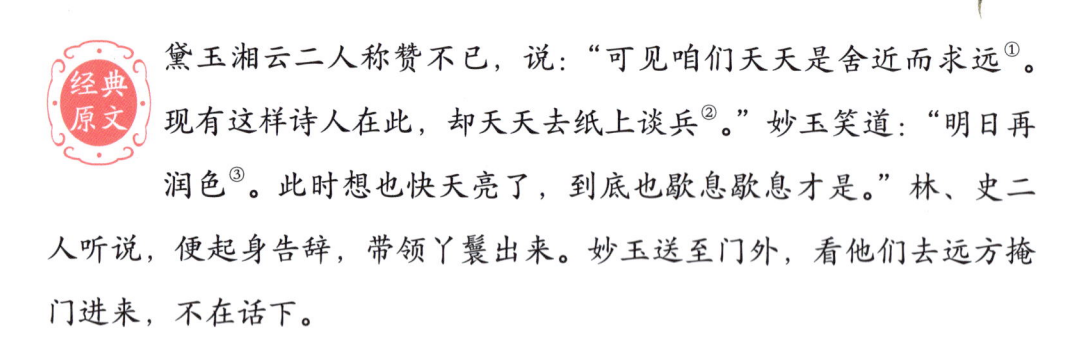

经典原文

黛玉湘云二人称赞不已，说："可见咱们天天是舍近而求远①。现有这样诗人在此，却天天去纸上谈兵②。"妙玉笑道："明日再润色③。此时想也快天亮了，到底也歇息歇息才是。"林、史二人听说，便起身告辞，带领丫鬟出来。妙玉送至门外，看他们去远方掩门进来，不在话下。

注释：①舍近而求远：形容做事走弯路。②纸上谈兵：比喻空谈理论，不解决实际问题。③润色：这里指修饰文字，使有文采。

课外试题

湘云真的恨宝钗抛下她们自己回家赏月了吗？为什么？

答案

湘云并非真的恨宝钗抛下她们自己回家赏月，因为她确实是羡慕宝钗，为自己并没有这样的姐妹而感到悲伤。

第七十七回

俏晴雯
蒙冤病逝

人物	性格	别名	身份
四儿	聪明乖巧、机灵可爱	芸香、蕙香	宝玉的丫鬟

点题

宝玉看着司棋、晴雯、芳官等被撵走，却不敢吱声，唯有大哭一场，他偷偷去探晴雯，当晚就梦见晴雯跟他告别，醒来哭着说晴雯去世了。

王夫人见中秋已过，凤姐也好些了，便命周瑞家的带人将司棋连人带赃物一块儿交给邢夫人处理。周瑞家的带走司棋时，宝玉正好路过，见了忙拦住问道："哪里去？"司棋拉住宝玉哭道："你帮我求求太太去。"周瑞家的很不耐烦，厉声对司棋说："和小爷们拉拉扯扯的成什么体统！"说完，便不由分说，带着几个婆子拉着司棋出去了。

宝玉恨得说这几个婆子"比男人更可杀了"！正说着，就听见另外几个婆子说："此刻太太亲自来园子里，在那里查人呢。"宝玉一听，便飞也似地跑了。他刚进怡红院，就见两个女人将蓬头垢（gòu）面的晴雯架走了。接着，王夫人又把四儿和芳官的干娘叫来，命她们将人领出去。宝玉见王夫人如此大怒，接连撵走院内的人，便不敢多说一句，多动一步，以免连累更多的人。

王夫人走后，宝玉哭道："我究竟不知晴雯犯了何等滔天大罪！"袭人道："太太只嫌她生得太好了。"宝玉觉得晴雯这一去是不能再回来了，便让袭人将晴雯的东西整理好，悄悄命人送给她。袭人说她早就打点好了，等晚上就悄悄叫宋妈送过去。

次日，宝玉便央求一个老婆子带他去晴雯家。晴雯原本无父无母，只有一个"破烂酒头厨子"的姑舅哥哥叫多浑虫，表嫂就是"多姑娘"。宝玉掀开草帘，只见晴雯睡在芦席土炕上，忙走过去叫醒她。晴雯睁开眼，一见是宝玉，又惊又喜，又悲又痛，忙死死抓住他的手，哽咽半天，才说出半句话来："我只当不得见你了。"

宝玉流泪问道："你有什么说的？"晴雯呜咽（yè）道："有什么可说的！只是一件，我死也不甘心的：我虽生得比别人略好些，并没有私情密意勾引你怎样，如何一口咬定我是狐狸精！今日既已担了虚名，早知

王夫人带人来到怡红院，将晴雯、芳官等人撵出贾府，宝玉在一旁不敢吱声。

如此,我当日也另有个道理。"说完又哭了。

晴雯擦了眼泪,用剪刀将左手上两根长指甲剪下来,递给宝玉做念想。宝玉刚藏好指甲,多姑娘就回来了,宝玉只得回去了。当晚,宝玉翻来覆去睡不着,五更时梦见晴雯从外头走来,笑道:"你们好生过罢,我从此就别过了。"说完,转身便走。宝玉醒来,哭道:"晴雯死了。"袭人听了,只当他胡说。

芳官等三人的干娘来见王夫人,说芳官和藕官、蕊官寻死觅活,一定要剪了头发做尼姑去。王夫人听了,只说她们胡闹。正巧水月庵的智通与地藏庵的圆心都在贾府,听了这事,巴不得拐几个女孩子去干活,便用花言巧语说服王夫人。从此,芳官跟了智通,蕊官、藕官跟了圆心,各自出家去了。

经典名句

卖油的娘子水梳头。
只许州官放火，不许百姓点灯。
饱饫（yù）烹宰，饥餍（yàn）糟糠（zāo kāng）。
焉得还有孟浪该罚之处！
正大随人之正气，千古不磨之物。
世乱则萎（wēi），世治则荣。

经典原文

宝玉又恐他们去告舌①，恨的只瞪着他们，看已去远，方指着恨道："奇怪，奇怪，怎么这些人只一嫁了汉子，染了男人的气味，就这样混账②起来，比男人更可杀了！"守园门的婆子听了，也不禁好笑起来，因问道："这样说，凡女儿个个是好的了，女人个个是坏的了？"宝玉发恨道："不错，不错！"婆子们笑道："还有一句话我们糊涂不解，倒要请问请问。"方欲说时，只见几个老婆子走来，忙说道："你们小心，传齐了伺候着。此刻太太亲自来园里，在那里查人呢。只怕还查到这里来呢。又吩咐快叫怡红院的晴雯姑娘的哥嫂来，在这里等着领出他妹妹去。"因笑道："阿弥陀佛！今日天睁了眼，把这一个祸害妖精退送了，大家清净些。"宝玉一闻得王夫人进来清查，便料定晴雯也保不住了，早飞也似的赶了去，所以这后来趁愿之语竟未得听见。

注释：①告舌：学舌；搬嘴。②混账：骂人无耻，不明事理。

课外试题

王夫人为什么要将晴雯赶走？

答案：因为晴雯长得好看，王夫人觉得她是狐狸精。

第七十八回

痴宝玉
杜撰芙蓉诔（lěi）

人物	性格	别名	身份
多浑虫	懦弱无能、懒惰颓废	多官	晴雯的表哥、多姑娘的丈夫

点题

王夫人知道宝钗搬走，便叫她来解释缘由以消除误会，无奈宝钗执意搬走，只得随她。宝玉听说晴雯做了芙蓉花神，写了诔文来祭拜她。

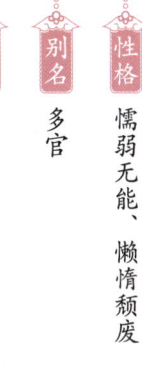

　　王夫人去向贾母问安，见贾母高兴，趁机向贾母汇报了撵走晴雯、芳官等人，以及将袭人升为准姨娘等事。贾母听了，没说别的，只是有些可惜晴雯被撵（niǎn）走了。贾母休息后，王夫人问凤姐说："怎么宝丫头私自回家睡了？"凤姐笑道："我想薛妹妹此去，想必是前日搜检众丫头的东西，她怕我们疑心，自己回避了。"

　　王夫人听了，命人请宝钗来，将搜检之事详细地告诉她，以消除她的疑心，又命她搬进园子里来居住。宝钗听了，便说近日哥哥要娶亲，家里忙乱，并且东南上小角门子常开着，本来是给她走的，但不能保证也有人从那混入大观园，又没人盘查，要是因此生事，就不好说了。之后，宝钗又以大观园多她一个人就增添许多费用等为由，执意要搬走，并劝王夫人"如今该减些的就减些，也不为失了大家的体统"。王夫人和凤姐听了，只得随她去了。

　　宝玉跟贾政去赏桂花，得了许多奖品，一一给王夫人和贾母过目后

宝玉听丫鬟说晴雯做了芙蓉花神,写了篇《芙蓉女儿诔》,在园中念诔文,祭拜晴雯。

才回怡红院。回去的路上,宝玉从丫头口中得知晴雯已经去世,又听信了丫头的谎言,以为晴雯不是死了,而是去做了芙蓉花神,这才转悲为喜。宝玉回房换了一身衣服后,便说去看黛玉,然后一人出园来。其实他是想去晴雯灵前祭拜,谁知晴雯已被她表哥多浑虫火化了。

宝玉没有办法只得又回到怡红院,坐了一会,觉得没意思,就出门,去见黛玉。正巧黛玉不在房中,丫鬟说她去宝姑娘那里了。宝玉又到蘅芜苑中,只见苑中寂静无人,房内物品已被搬空了。宝玉大吃一惊,便问婆子怎么回事。婆子告诉宝玉,宝姑娘搬出园子了。宝玉见满屋寂寥,又想到近日园子里走了好几个姑娘,十分伤感,便离开了蘅芜苑,仍往潇湘馆来,偏黛玉还没有回来。

宝玉只得回去,又有丫鬟来传话说贾政找他。宝玉便去了贾政的书房。此时,贾政正跟众幕友谈论姽婳(guǐ huà)将军林四娘的事迹:林四娘是汉末恒王的姬妾。恒王好武,命众姬妾习武。其中林四娘武艺最

出色。后来黄巾起义,恒王被起义军所杀。林四娘为报恒王之恩,带领众姬妾去袭击起义军,最终战死。众人听了都赞叹林四娘的忠义,又建议写诗来歌咏林四娘。

说话间,宝玉、贾兰、贾环三人都来了。贾政便命他们三人写诗凭吊林四娘,先成者赏,佳者额外加赏。贾环和贾兰写的诗都是简短的律诗。宝玉却认为用长歌咏叹林四娘的英勇事迹才切题,因此将自己的诗命名为《姽婳词》。贾政觉得有理,命宝玉将《姽婳词》念出来,他来写。其间,幕友们赞一句,贾政批评或谦虚一句,场面倒也欢快可喜。宝玉念完后,众人赞叹不已,贾政笑道:"到底不大恳切。"说完,就命宝玉等回去了。

宝玉回到园子中,看到池中的芙蓉,想起小丫鬟说晴雯做了芙蓉花神,便在丝绸上写了篇《芙蓉女儿诔》,又备些晴雯喜欢的食物,命小丫鬟捧到芙蓉花前,祭拜晴雯。宝玉行完祭拜礼,将诔文挂在芙蓉枝上,边哭边念诔文。

宝玉歌咏姽婳词示意图

宝玉念完诔文后，烧了帛（bó）文，留恋了许久，刚转身要回去。忽听有人笑道："且请留步。"宝玉吃了一惊。小丫鬟回头见有人影从芙蓉花中走出来，便大叫："不好，有鬼。晴雯真来显魂了！"吓得宝玉也连忙看过去，究竟是人是鬼呢？

经典名句

天机不可泄露。
潢（huáng）污行潦，苹蘩（fán）蕴藻之贱，可以羞王公荐鬼神。

经典原文

这丫头便见景生情①，忙答道："我已曾问她，是管什么花的神？告诉我们，日后也好供养的。她说：'天机不可泄漏②。你既这样虔（qián）诚，我只告诉你，你只可告诉宝玉一人。除他之外若泄了天机，五雷就来轰顶的。'她就告诉我说，她就是专管这芙蓉花的。"

注释：①见景生情：这里指看到眼前的景物，想起应对的办法。②天机不可泄漏：迷信的说法，指世事皆由上天安排，事先不能泄露，否则容易后患无穷。

课外试题

晴雯抱屈而亡之后，宝玉为她做了什么事？

答案：晴雯死后，宝玉写了《芙蓉女儿诔》并到芙蓉花前祭奠晴雯。

第七十九回

薛蟠悔娶河东狮

人物	夏金桂
性格	泼辣凶悍、善妒狠毒
别名	河东狮
身份	薛蟠的妻子

点 题

宝玉无意中将诗句修改成隐喻黛玉悲惨命运的谶（chèn）句，黛玉听了怵（chōng）然变色。夏金桂嫁给薛蟠后，强悍霸道，搅得薛家家宅不宁，薛蟠深悔娶了这河东狮。

宝玉祭完晴雯，就见黛玉从芙蓉花丛中走出来，满脸含笑，说道："好新奇的祭文。"宝玉谦虚几句，又请黛玉修改。黛玉提出"红绡（xiāo）帐里，公子多情；黄土垄（lǒng）中，女儿薄命"一联，最好改为应景的"茜纱窗下，公子多情；黄土垄中，女儿薄命。"

宝玉连声叫好。随后宝玉因"茜纱窗"为黛玉之窗，怕唐突了黛玉。他几经修改，最后说应该改为"茜纱窗下，我本无缘；黄土垄中，卿何薄命"。黛玉听了，脸色都变了，心中起疑，但没表露出来，只称改得好，并说迎春定亲了。

宝玉回房后，就见王夫人命人来说贾赦已将迎春许给孙绍祖。这孙绍祖祖上系军官出身，现袭指挥之职，生得相貌魁梧，且家资饶富。贾赦因

宝玉在园中遇见香菱，二人交谈一会。夏金桂嫁入薛家后，故意设计陷害香菱，使薛蟠迁怒打骂香菱。

此选他为东床快婿,并说给贾母听。贾母虽然不乐意将迎春嫁给孙绍祖,但觉得劝说贾政也没用,只说知道了。贾政却深恶孙家,认为孙绍祖并非良配,倒是劝了贾赦几次,无奈贾赦不听。

宝玉听说迎春搬出了大观园,非常伤心。这天,宝玉来到迎春居住的紫菱洲。只见人去楼空,岸上的蓼花苇叶、池内的翠荇(xìng)香菱也显得格外寥落凄惨,宝玉便信口吟成一首《紫菱洲》诗。刚念完,就听香菱笑道:"你又发什么呆呢?"

宝玉问道:"姐姐,这些日子怎么不进来逛逛?"香菱笑道:"怎么没来呢?只是你哥哥已经订下夏家千金。那夏家非常富贵,有几十顷地独种桂花,京城内外甚至是宫中的桂花都是夏家专供,所以被称为桂花夏家。听说这夏家姑娘长得像花那样漂亮,在家也读书写字。我巴不得她早点过来,又添一个作诗的人。"香菱同宝玉又说了会话,俩人就分别了。

因近日抄检大观园,许多人离去,宝玉回房后忧思过度,又感染风寒,当晚全身发热,次日便卧病不起。贾母命他好生保养,一百天后才准出院门。其间,宝玉听说薛蟠已娶了夏金桂,又听说迎春也出嫁了。

这夏金桂虽然长得漂亮,但从小娇生惯养,在家里经常打骂丫头。她出嫁后一心想把丈夫薛蟠降伏,再除掉香菱这个美妾。她因名叫金桂,便不许人说桂花二字,又将桂花改为嫦娥花。薛蟠本是怜新弃旧的人,刚娶了夏金桂,自然凡事都顺着她些。这天,薛蟠因小事和夏金桂吵了几句。夏金桂便哭得像个醉人一般，不吃不喝，装起病来。

薛姨妈恨得骂了薛蟠一顿。薛蟠只得又去哄夏金桂。夏金桂更加得意，又想制服薛姨妈和宝钗。宝钗早就发现她有不轨之心，每次都暗暗用言语来弹压她。夏金桂知道宝钗不可冒犯，只得曲意附就。

经典名句

论交之道，不在肥马轻裘（qiú），即黄金白璧（bì），亦不当锱铢（zī zhū）较量。
古人惜别怜朋友，况我今当手足情！
情人眼里出西施。

经典原文

宝玉道："我又有了，这一改可妥当了。莫若说'茜纱①窗下，我本无缘；黄土垄中，卿何薄命。'"黛玉听了，忡然变色②，心中虽有无限的狐疑乱拟③，外面却不肯露出，反连忙含笑点头称妙，说："果然改的好。再不必乱改了，快去干正经事罢。才刚太太打发人叫你明儿一早快过大舅母那边去。你二姐姐有人家求准了，想是明儿那家人来拜允④，所以叫你们过去呢。"宝玉拍手道："何必如此忙？我身上也不大好，明儿还未必能去呢。"

注释：①茜纱：这里指红色的窗帘。②忡然变色：因忧愁伤感而脸色大变。③狐疑乱拟：即胡思乱想。④拜允：指求婚人家去许婚人家拜谢允婚。

课外试题

宝玉将诗句改成了什么？黛玉听了为什么忡然变色？

"我本无缘，黄土垄中，卿何薄命。"因为这是宝玉改后的诗句比较悲惨，使黛玉自觉化入了哪愁苦的诗境中去，其实这正是曹雪芹对黛玉日后的悲剧。

答案

第八十回

贾迎春误嫁中山狼

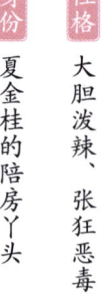

人物	性格	身份
宝蟾（chán）	大胆泼辣、张狂恶毒	夏金桂的陪房丫头

点题

香菱不容于夏金桂，只得跟随宝钗，与薛蟠断绝了往来。宝玉讨要疗妒方无果，迎春误嫁中山狼回娘家哭诉，贾府众人虽担忧迎春，却无计可施。

这天，金桂和香菱聊天，听说香菱的名字是宝钗给起的，便以菱角花不香为由，命香菱改名为秋菱。宝钗知道了并不在意。薛蟠得陇望蜀，又看上了宝蟾。金桂想利用宝蟾将香菱撵走，于是故意给两人制造机会，却又设计陷害香菱，让她撞坏薛蟠的好事，致使薛蟠迁怒打骂香菱。

金桂为了方便折磨香菱，还让薛蟠和宝蟾在香菱房中成亲。她又命香菱搬到她房中打地铺，夜里时不时要茶，捶捶腿，让香菱不得安睡。半个月后，金桂又装病，只说心疼难忍，四肢不能转动。薛蟠请医生来给金桂治疗都没有效。众人都说金桂这病是香菱气的。过了两天，又有人从金桂枕头里搜出个纸人，上面写着金桂的年庚八字，并有五根针钉在纸人的心窝并四肢骨节等处。

众人连忙告诉薛姨妈。薛蟠慌乱起来，立刻要拷打众人。金桂却暗指诅咒她的人就是香菱，引得薛蟠大怒，抓起一根门闩来，见了香菱就

宝玉去天齐庙还愿，见到一老道士便问有没有治疗女人妒病的方子，王道士就同宝玉胡诌（zhōu）了一炉妇方。

劈头劈面打起来，并一口咬定是香菱施了诅咒。香菱哭着喊冤，薛姨妈赶来制止。金桂见了，更加号啕大哭起来，边哭边骂薛蟠霸占宝蟾，想治死她。

薛姨妈虽然恼恨金桂，但儿子确实霸占了金桂的丫鬟，让她占了理，也说不得她什么。只得一边赌气骂薛蟠，一边说要卖香菱。宝钗连忙制止，并说自己要留下香菱做伴。不久，香菱因身体怯弱，加上气怒伤感得了干血病，请医服药也没什么效果。

金桂又开始找宝蟾的碴儿。可惜宝蟾不好惹，一被金桂打骂便倒在地上打滚，寻死觅（mì）活。薛蟠见这主仆两人闹得没法开交，只得出门躲避。金桂高兴时便聚众赌博，天天要杀鸡杀鸭，边吃边乱骂。薛家母女总不去理她，薛蟠心中后悔娶了个搅家星。

宝玉出门后也见过金桂，心中纳闷像金桂这样貌美的人，居然是这种性情。这天，王夫人接迎春回娘家，贾母让宝玉去天齐庙还愿。宝玉问老道士王一贴，有没有治疗女人妒病的方子。王一贴便乱编了一副疗妒病的方子，还说这药只要不见效，就一直吃，"吃过一百岁，死了还妒什么"。宝玉、茗烟听了，都大笑不止，骂王一贴是"油嘴的牛头"。

迎春回门，在王夫人房中一边哭一边诉说委屈。原来这孙绍祖不仅好色，还好赌酗酒，经常喝得醉醺醺地回来。他动不动就破口大骂迎春，而且常常动手打她。王夫人和众姐妹听了，都难过流泪。王夫人无可奈何，只得让迎春认命，顺她的意让她住在紫菱洲。刚过去几天，孙家就派人来接，迎春只得含泪离去。

经典名句 兰花桂花的香，又非别花之香可比。
清官难断家务事。

经典原文

金桂道："依你说，那兰花、桂花倒香的不好了？"香菱说到热闹头上①，忘了忌讳（huì）②，便接口道："兰花、桂花的香，又非别花之香可比。"一句未完，金桂的丫鬟名唤宝蟾者，忙指着香菱的脸儿说道："要死，要死！你怎么真叫起姑娘的名字来！"香菱猛省了，反不好意思，忙陪笑赔罪说："一时说顺了嘴，奶奶别计较。"金桂笑道："这有什么，你也太小心了。但只是我想这个'香'字到底不妥，意思要换一个字，不知你服不服？"香菱忙笑道："奶奶说那里话，此刻连我一身一体俱属奶奶，何得换一名字反问我服不服，叫我如何当得起。奶奶说那一个字好，就用那一个。"金桂笑道："你虽说的是，只怕姑娘多心，说'我起的名字，反不如你？你能来了几日，就驳我的回了。'"香菱笑道："奶奶有所不知，当日买了我来时，原是老奶奶使唤的，故此姑娘起得名字。后来我自伏侍了爷，就与姑娘无涉了。如今又有了奶奶，益发不与姑娘相干。况且姑娘又是极明白的人，如何恼得这些呢。"金桂道："既这样说，'香'字竟不如'秋'字妥当。菱角菱花皆盛于秋，岂不比'香'字有来历些。"香菱道："就依奶奶这样罢了。"自此后遂改了秋字，宝钗亦不在意。

注释：①热闹头上：兴致正浓的时候。②忌讳：指因某种原因而对某些语言或举动有所顾忌。

课外试题

宝钗手段高明，善于笼络人心，为什么制服不了夏金桂？

因为夏金桂蛮横骄横，娇纵任性，加上操纵丈夫以实现自身特有的能力。

第八十一回

贾宝玉重返学堂

人物	性格	职业	身份
贾代儒	固执呆板、不苟言笑	贾府学堂校长兼教师	贾代善和贾代化的庶弟、贾瑞的祖父

点题

宝玉请王夫人接迎春回家无果，于是向黛玉哭诉，回房午休醒来和探春等钓鱼，去贾母房中惊闻马道婆因作法害人被问罪，次日被贾政送去学堂念书。

迎春回了孙家，王夫人正在房中为迎春的不幸遭遇难过落泪。宝玉走来请安，看见王夫人脸上有泪痕，也不敢坐，只在旁边站着。王夫人叫他坐下，宝玉才上炕来，在王夫人身旁坐了。王夫人见宝玉样子呆呆的，便问他为什么呆呆的。宝玉道："并不为什么，只是见到二姐姐这样子，我实在替她难受。不如我们告诉老太太，把二姐姐接回来，还叫她在紫菱洲住着。孙家来接，我们硬不叫她回去。接一百回，我们留一百回。"

王夫人听了，又好笑，又好气，说道："你二姐姐是新媳妇，孙姑爷也还是年轻的人，新来乍到，自然要有些别扭的。过几年，俩人摸着各自的脾气，那就好了。快去干你的事去吧，不要在这里混说。"说得宝玉不敢出声，坐了一会，无精打采地出来了。

宝玉憋着一肚子闷气，走到园中，直往潇湘馆来，一进门便大哭起来。黛玉吓了一跳，忙问他为什么伤心。宝玉说道："二姐姐回来的样子，你都看见了。还记得咱们结诗社时多么热闹。如今宝姐姐归家去，二姐姐出嫁。这没过几时，你瞧瞧这园子中的光景，已经大变了。再过几年，又不知道怎样了，越想让人越难受。"黛玉听了，慢慢低下头，叹了口气，便向里躺下去了。紫鹃拿茶进来，见他俩这样，正纳闷。袭人从外找来说老太太那边叫宝玉。宝玉才发现黛玉哭了，忙劝她不要伤心，多保重身体。宝玉来到贾母那边，贾母却已经午睡，只得回到怡红院。

到了午后，宝玉午休起来，觉得无聊，随手拿了一本书看，嘴里咕

贾政觉得宝玉天天在园子里闲着，把学业都荒废了，便亲自送他去学堂，请贾代儒从严管教。

咕哝（nóng）哝的说道："好一个'放浪形骸（hái）之外'！"袭人劝他觉得闷就去园里逛逛，宝玉便出着神往外走。一时走到沁芳亭，但见景色萧瑟，人去房空。宝玉又来到蘅芜院，香草依然，却门窗紧闭。他转过藕香榭来，远远的只见几个人在蓼（liǎo）溆（xù）一带栏杆上靠着，是探春、邢岫烟、李纹和李绮四人正在钓鱼。宝玉也要钓鱼，结果别人都钓到了鱼，只有宝玉非但没有钓到，还将钓竿弄断了，引得探春等大笑起来。

正闹着，有丫鬟来说："宝玉，老太太醒了，找你呢。"宝玉便去贾母房中。贾母一见了宝玉，就问他前年和凤姐一起中邪病的情况。凤姐来后，贾母又问她。宝玉和凤姐便将当日的情形说了一遍。贾母听后，道："这么看起来就是她了。这老东西竟这样坏心，枉宝玉认了她做干妈。"凤姐就问："老太太怎么想起我们的病来了？"贾母便让王夫人说出马道婆因作法害人被判死罪之事。

原来，最近一家当铺捡到了马道婆遗失的绢包，发现里面有纸人、闷香等害人的物品，便在马道婆回来寻找时把她抓住，并送到锦衣府。锦衣府又从马道婆房间里搜出许多纸人以及几本记录她收了各家钱财的账本。锦衣府见证据确凿（záo），便将她送入刑部大牢，判了死罪。

凤姐听了，便说她和宝玉病后，马道婆和赵姨娘来往过几次，还向赵姨娘索要银子。并且，赵姨娘每次看见她又都会脸色大变，便怀疑当年她和宝玉是被赵姨娘和马道婆联手暗害的。贾母和王夫人也有所怀疑，只是没有证据，便让凤姐不要再提了。贾政觉得宝玉天天在园子里闲着，把学业都荒废了，便亲自送他去学堂，请贾代儒从严管教。贾政走后，宝玉进学堂坐下，发现昔日的同学如金荣等都不在了，又突然想起了秦钟，心中不由得难受起来。

探春、宝玉蓼溆垂钓示意图

经典名句

嫁出去的女孩儿，泼出去的水。

嫁鸡随鸡，嫁狗随狗。

对酒当歌，人生几何。

经典原文

转过藕香榭来，远远的只见几个人在蓼溆一带栏杆上靠着，有几个小丫头蹲在地下找东西。宝玉轻轻的走在假山背后听着。只听一个说道："看他洑（fù）上来不洑上来。"好似李纹的语音。一个笑道："好，下去了。我知道他不上来的。"这个却是探春的声音。一个又道："是了，姐姐你别动，只管等着。他横竖上来。"一个又说："上来了。"这两个是李绮邢岫烟的声儿。宝玉忍不住，拾了一块小砖头儿，往那水里一撂（liào）①，咕咚一声，四个人都吓了一跳，惊讶道："这是谁这么促狭②？唬③了我们一跳。"宝玉笑着从山子后直跳出来，笑道："你们好乐啊，怎么不叫我一声儿？"探春道："我就知道再不是别人，必是二哥哥这样淘气。没什么说的，你好好儿的赔我们的鱼罢。刚才一个鱼上来，刚刚的要钓着，叫你唬（xià）跑了。"宝玉笑道："你们在这里顽竟不找我，我还要罚你们呢。"大家笑了一回。

注释：①撂：抛；扔。②促狭：喜欢捉弄人。③唬：这里同"吓"。

课外试题

王夫人为什么不愿接迎春回来长住？

答案：其实王夫人不是讨厌迎春的继母，无奈迎春是长房，其次也怕邢夫人多心，搞回分化娘家关系化。

第八十二回

林黛玉
噩梦惊魂

人物 翠墨

性格 心直口快、活泼开朗

身份 贾探春的丫鬟

点 题

薛家婆子说黛玉和宝玉是天生的一对，黛玉听了，想到她跟宝玉的未来，忧心忡忡。夜里她梦见父亲已将她许配人家，而宝玉为表真心，竟将心剖出来给她看。

宝玉下学归来，拜见贾母。贾母让他见过他的父亲后便去放松一下。宝玉来到贾政书房，汇报了功课。贾政嘱咐他切勿过于贪玩，没事就多陪陪老太太。宝玉答应着退了出来，又急忙去见了王夫人。

和长辈们打完招呼，宝玉急忙往园子里走，恨不得一步就走到潇湘馆才好。一见黛玉，宝玉便同黛玉说了上学的事，又说他讨厌学习八股文。黛玉劝他，既然要谋取功名，少不得要学一些。宝玉听了，心中纳闷黛玉怎会变得世俗了。宝玉回到怡红院中，袭人说："太太吩咐我们不准和你顽笑，否则跟晴雯一样处理。"宝玉怕众丫鬟被罚，只得挑灯夜读。

第二天，宝玉上学去了。袭人想到自己以后要做宝玉的妾，担心宝玉以后娶了厉害的妻子，她自己就是尤二姐和香菱的后身。况且，平日里从贾母和凤姐的话语中听出，宝玉未来的妻子应该就是黛玉了，但黛玉是个多心的。想到这里，袭人决定去找黛玉探探口风。

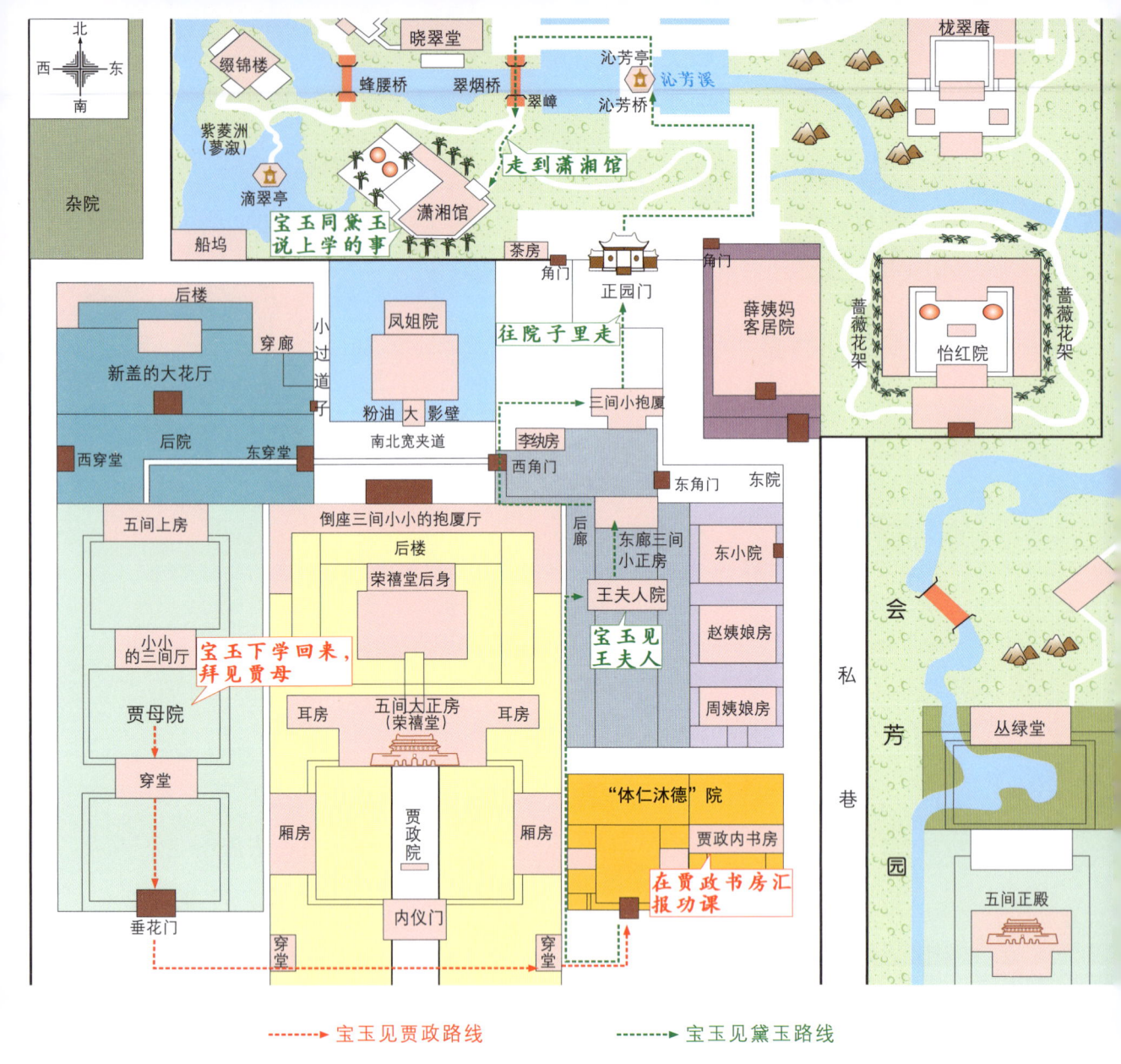

黛玉劝宝玉读书示意图

袭人和黛玉聊天，说到尤二姐之死时，指责凤姐为人太狠毒。黛玉觉得袭人话里有话，便说道："这也难说。但凡家庭之事不是东风压了西风，就是西风压了东风。"正说着，就见一个老婆子来了，说奉宝钗之命送一瓶荔枝蜜饯（jiàn）过来。那婆子临走前看着黛玉说："怪不得我家太太常说，这林姑娘和宝玉真是天生的一对，长得跟天仙一样。"黛玉见她说话造次，只当没听见。

黛玉临睡前，看到那瓶荔枝蜜饯，想起自己和宝玉的未来，忧心忡忡。她心想，虽然宝玉心里没别人，但是老太太和舅母又不见有半点意思，深恨父母在时不早定了这桩婚姻。黛玉想着，叹了一口气，落下泪来，默默倒在床上睡了。

不知不觉，只见一个小丫头来跟她道喜，说南京有人来接。接着又见凤姐同邢夫人、王夫人、宝钗等都来跟她道喜。只见凤姐说："林姑爷娶了一位继母，将你许了你继母的亲戚。"黛玉不信，急得哭了。恍惚间，又见自己和贾母在一起，黛玉便哭着跟贾母说"我南边是死也不去的"，并求贾母留下她。贾母却让鸳鸯将她拉走。

黛玉见求贾母无用，便去问宝玉："我是死活打定主意的了。你到底叫我去不去？"宝玉说道："我叫你住下，你不信我的话，我把心挖出来让你看。"说着拿起一把刀子，往胸口上一划，鲜血直流。黛玉吓得魂飞魄散，忙捂住宝玉的胸口哭着说："你怎么可以做这样的事。你先杀了我

黛玉夜里梦见父亲已将她许配人家，便去问宝玉的意思，宝玉为表真心，将心剖出来给她看。

吧。"宝玉将心掏出来后，就倒地身亡了，黛玉拼命大哭。

黛玉醒来后，心头还是乱跳，只觉得枕头已经湿透，肩背身心冰冷。次日，天微微亮，黛玉便大声咳嗽起来，咳了半天竟然咳出血痰（tán）来。紫鹃、雪雁见后，脸都吓黄了，忙去请人来看黛玉。探春和湘云听说后，都到潇湘馆来，好好安慰了黛玉一番。大家见黛玉精神不好，又嘱咐紫鹃照顾好黛玉，让黛玉好好休息一下，正准备离开，就听外面有人叫嚷。

经典名句

成人不自在，自在不成人。
留得青山在，依旧有柴烧。

经典原文

黛玉吓得魂飞魄散①，忙用手握着宝玉的心窝，哭道："你怎么做出这个事来，你先来杀了我罢！"宝玉道："不怕，我拿我的心给你瞧。"还把手在划开的地方儿乱抓。黛玉又颤（zhàn）又哭，又怕人撞破②，抱住宝玉痛哭。宝玉道："不好了，我的心没有了，活不得了。"说着，眼睛往上一翻，咕咚就倒了。黛玉拼命③放声大哭。

注释：①魂飞魄散：形容惊恐万分，极端害怕。②撞破：撞见；揭穿。③拼命：比喻用尽全部力量去做。

课外试题

黛玉为什么会做这样的噩梦？这表现了黛玉怎样的心理？

答案： 因为黛玉对宝玉的心并不是很确定，这表现出她对爱情的患得患失，也表现出她的脆弱心理。

第八十三回

贾元春宫中染病

人物：王太医
性格：谦虚谨慎、细心周到
姓名：王济仁
身份：王君效侄孙，太医院六品御医

点题

黛玉误会下人诽谤自己，气得晕死过去。宝玉因自己也病了便派袭人去看黛玉。贾母请太医给宝玉、黛玉看病，并与王夫人等进宫去探望生病的元妃。

  探春和湘云刚要走，突听外面有人嚷道："你这个不成人的小蹄子！你是个什么东西，来这园子里头混搅！"黛玉听了，大叫一声，道："这里住不得了。"一手指着窗外，两眼一翻昏过去了。紫鹃吓得只是哭叫："姑娘怎么样了，快醒来罢！"探春也过来叫了一会。

  半晌，黛玉回过这口气，还说不出话来，那只手仍向窗外指着。探春会意，开门出去，看见一个婆子手中拿着拐棍打骂她的外孙女。探春将那俩人骂走，便回来劝黛玉不要多心，那老婆子骂的是她外孙女。黛玉听了点点头，拉着探春的手道："妹妹……"叫了一声，又不言语了。探春又好好安慰了黛玉一番，才跟湘云出去了。

  过了一会，袭人又过来拜访。原来是宝玉听说黛玉病的严重，便让她让来看看。袭人又和雪雁说，昨夜宝玉也犯一会病。黛玉听见后，让袭人进来。袭人宽慰黛玉道："宝玉是偶然被梦惊了，没什么大事。"黛

玉知道袭人怕自己担心，心下感激，又让袭人回去同宝玉说，自己没有什么大碍。

次日，王太医先看宝玉，说不要紧。但是，王太医给黛玉诊脉开药后，却委婉地说黛玉这病只怕治不好了。周瑞家的来见凤姐，说紫鹃托她来预支月钱。凤姐低头半天，才说自己送几两银子给黛玉算了，预支月钱的例是万万开不得的。

王熙凤又说，家里经济困难，"出去的多，进来的少，总拐不过弯来"，居然还有人说她中饱私囊。周瑞家的奉承了凤姐几句，又说外面传言贾府多么富贵，还有歌谣传唱。凤姐听了，说人怕出名猪怕壮，况且这只不过是个虚名罢了。

不久，宫里来传，元妃娘娘染病。次日一早，贾母便带上王夫人、邢夫人、凤姐等进宫问安。元妃先向贾母等长辈问好，又问凤姐家里日

宫里来人传话，元妃娘娘染病。贾母带上王夫人、邢夫人、凤姐等进宫问安。

子过得怎样。凤姐回道:"尚可支持。"正说着,只见一个宫女进来奉上一张职位表。元妃一看,便知贾赦、贾政等人在宫外等候,忍不住落泪,传谕道:"今日稍安,令他们外面暂歇。"

贾母等站起来,又谢了恩。元妃含泪道:"我们父女弟兄,反而不如平常人家可以常常亲近。"贾母等忍着泪道:"娘娘不必悲伤,家中托娘娘的福多了。"元春又问:"宝玉最近怎样?"贾母道:"最近肯用功了,还会写文章了。"元妃道:"这样才好。"说完,就命外官赐宴。贾母等用了饭,便回去了。

薛蟠躲到外面去了,金桂很后悔将宝蟾给了薛蟠。这天,金桂吃了几杯闷酒,要拿宝蟾撒气。这主仆两人一个只顾喊冤叫屈,另一个则将桌椅杯盏全部掀翻。薛姨妈见闹得太不像话,亲自去劝,哪里劝得住?宝钗心疼母亲,见金桂不可理喻,只得忍着气劝薛姨妈回房。薛姨妈回

房不久,忽然叫道:"左肋(lèi)疼痛得很。"说着,便向炕上躺下。吓得宝钗、香菱二人手足无措。

经典名句
出去的多,进来的少,总绕不过弯来。
人怕出名,猪怕壮。

经典原文
黛玉命紫鹃扶起,一手指着床边,让袭人坐下。袭人侧身坐了,连忙陪着笑劝道:"姑娘倒还是躺着罢。"黛玉道:"不妨,你们快别这样大惊小怪的。刚才是说谁半夜里心疼起来?"袭人道:"是宝二爷偶然魇(yǎn)①住了,不是认真怎么样。"黛玉会意②,知道是袭人怕自己又悬心③的原故,又感激,又伤心。因趁势④问道:"既是魇住了,不听见他还说什么?"袭人道:"也没说什么。"黛玉点点头儿,迟了半日,叹了一声,才说道:"你们别告诉宝二爷说我不好,看耽搁了他的工夫,又叫老爷生气。"袭人答应了,又劝道:"姑娘,还是躺躺歇歇罢。"

注释:①魇:指梦中遇到可怕的事而呻吟、惊叫。②会意:领会、领悟。③悬心:担心、担忧。④趁势:利用有利的形势、时机。

课外试题

黛玉听到窗外的叫骂,为什么说这里住不得了,两眼一翻昏过去了?

答案
因为黛玉听见外头老婆子骂的是她的外孙女儿,黛玉却认为是在骂自己,所以急怒之下昏了过去。

第八十四回

试文字
宝玉始提亲

人物 李贵

性格 成熟稳重、尽忠职守

身份 李嬷嬷的儿子,宝玉的贴身跟班

点 ◎ 题

贾母命贾政给宝玉物色媳妇。王作梅想将张家小姐说给宝玉。因张家要女婿入赘(zhuì),贾母回绝了。凤姐说宝玉和宝钗是天配的姻缘。

薛姨妈被金桂这场气怄(òu)得肝气逆行,左肋疼痛。宝钗知是这个缘故,便不等医生来,就先叫人去买几钱钩藤回来,浓浓地煎了一碗

贾政陪贾母在房中说笑,贾母提起应该给宝玉提亲。随后,宝玉去给贾政请安,贾政便询问他学业。

给她母亲吃了。薛姨妈服了药,睡了一觉,便觉得身体好多了。宝钗趁机劝薛姨妈别为金桂生气,有时间多去贾府走动走动,散散心。薛姨妈点点头道:"过两日看看吧。"

贾政陪贾母在房中说笑,贾母提起宝玉大了,应该给他说亲了。贾政却认为,宝玉只有学业长进了,才能配得起人家好姑娘。贾母很不高兴,回头瞅着邢夫人和王夫人笑道:"想他年轻的时候,那一种古怪脾气,比宝玉还加一倍呢!如今只抱怨宝玉,我看宝玉比他还懂得人情呢!"说得邢夫人、王夫人都笑了。

不久,宝玉进来请了安,在一旁站好。贾政问宝玉,最近有没有开笔写八股文。宝玉说写了三篇,贾代儒都已经修改了。贾政听了便命人拿来给他看。焙茗拿来后,贾政边看边告诉宝玉贾代儒为什么要这样修改。看完,贾政又试了一下宝玉破题的能力,觉得宝玉有长进了。

宝玉进了贾母房中,见薛姨妈来了,因不见宝钗来,便觉得索然无味,但又不好立刻就走。贾母问起香菱改名之事。薛姨妈红着脸说,金桂知道香菱的名字是宝钗起的才改的,又说了自己被金桂气病的事。贾母听了,称赞宝钗"性格温厚和平,那样的心胸脾气,真是百里挑一的"。

贾政和门客们闲谈时,有个叫王作梅的门客说,南韶道的张大老爷家有一位小姐,生得德容功貌俱全,是邢夫人的亲戚。又道,他可以帮宝玉去说亲。贾政回房后将此事告诉了王夫人,王夫人又告诉贾母。

贾母去凤姐房中看望生病的巧姐,听到邢夫人说张家要女婿入赘,便命王夫人派人告诉贾政回绝了这门亲事。凤姐听了,笑着对贾母等人说:"现放着天配的姻缘,何用别处去找?"贾母笑问道:"在哪里?"凤姐道:"一个'宝玉',一个'金锁',老太太怎么忘了?"贾母听了假装责怪凤姐,没趁薛姨妈在时提。凤姐便以长辈面前,没后辈说话的份儿来为自己开脱。

因贾母听到大夫给巧姐开的药方中用到了真牛黄，便让王夫人请薛姨妈叫薛蟠去帮着买回来。凤姐拿到真牛黄，正拿它来煎药，贾环来了，想看看牛黄长什么样子，却不小心把正在煎的药打翻在地，吓得逃跑了，凤姐气得直骂人。赵姨娘知道后，把贾环找来骂了一顿。谁知贾环竟然说出让人胆战心惊的话来。

经典名句 胖子也不是一口吃成的。

经典原文 贾母又道："提起宝玉，我还有一件事和你商量：如今他也大了，你们也该留神①看一个好孩子，给他定下。这也是他终身的大事。也别论远近亲戚，什么穷啊富的，只要深知那姑娘的脾性儿好、模样儿周正②的，就好。"贾政道："老太太吩咐的很是。但只一件，姑娘也要好，第一要他自己学好才好，不然不稂（láng）不莠（yǒu）③的，反倒耽误了人家的女孩儿，岂不可惜？"

注释：①留神：注意、留意。②周正：端庄大方。③不稂不莠：比喻人不成才，没有出息。

课外试题

贾政清客要将张家小姐说给宝玉，为什么被贾母拒绝了？

答案：因为张家家长不疼女儿，贾母怕孩子将来受委屈了的。

第八十五回

薛蟠惹祸被逮捕

人物 锄药
性格 淘气顽劣
身份 宝玉的小厮

点题

北静王送给宝玉一块假的"通灵宝玉"。贾母让宝玉别弄混了真假宝玉。贾府庆祝贾政升官。薛姨妈前来赴宴,突然惊闻家中出事,回家才知薛蟠杀人被捕入狱。

薛姨妈听说家中出事,连忙赶回去,到家中见金桂大哭,宝钗满面泪痕。

赵姨娘在屋里抱怨贾环，贾环则在外间屋里抱怨说，巧姐又没死，也值得凤姐和赵姨娘骂他，以后他还要了巧姐的命呢！赵姨娘吓得忙出来，捂住他的嘴让他别乱说。赵姨娘想着凤姐之前骂贾环的话，越想越气，因此没有派人去安慰凤姐，于是两边结怨更深了。

这天，宝玉去给北静王拜寿，回家后将北静王赠送他的假"通灵宝玉"拿出来给贾母等人看。贾母命人好好替宝玉收起来，又让宝玉别将真假两块玉弄混了。宝玉将真玉摘了下来，说道："两块玉差远着呢，哪里混得过。我正要告诉老太太，前晚我把玉挂在帐子里，它竟放起光来了，满帐子都是红的。"

贾母说他胡说，邢、王两位夫人都抿着嘴笑。凤姐道："这是喜信发动了。"宝玉道："什么喜信？"贾母道："你不懂得。你去歇歇去罢。"宝玉走后，贾母问道："你们去看薛姨妈说起这事没有？"王夫人说薛姨妈倒是愿意，只是要等薛蟠回来再商量。

一日宝玉上学回来，袭人递给宝玉一张拜帖，说是贾芸托人送来的。宝玉看完拜帖后，怔怔地坐着，饭只吃了几口，就闷闷地歪在床上，一会儿哭，一会儿笑。袭人、麝月见了，都摸不着头脑。

次日，宝玉刚出院门，就见贾芸来说："叔叔大喜了。"宝玉以为他指的是昨天拜帖上所说的事，便责怪他太冒失。谁知，贾芸说的却是贾政升官的事。贾芸又说："叔叔的亲事要再成了，不用说是两层喜了。"宝玉红了脸，催他快走。宝玉从学堂回来，在贾母房中见到了黛玉，非常高兴。闲话时，宝玉突然向黛玉抱怨贾芸冒失。但他刚说一句，便住嘴了，搞得黛玉摸不着头脑。

两天后，贾府庆祝贾政升官。恰好这天是黛玉的生日，黛玉打扮得宛若嫦娥般出来见客，却只见薛姨妈来了，不见宝钗来，便问："宝姐姐为什么不过来？"薛姨妈托辞说宝钗要留下看家。正说着，就开戏了。大家看戏正看得高兴，忽见薛家的人满头大汗地闯进来说家中出事了。

薛姨妈吓得面如土色，连忙赶回去。她刚到家中就见金桂大哭，宝钗也是满面泪痕。原来薛蟠在外面又打死人了，已经被官府抓起来了。薛姨妈想拿钱给原告，让原告撤诉。宝钗忙拦住，说给钱会闹得更凶。宝钗请薛蝌带人出去打听消息，并拿钱到各处去打点。

过了两天，薛蝌便命小厮带一封信回来。宝钗拆开信，只见信上面说：薛蟠是误杀，前面的口供不好，如果能够翻供就能活命了，还要再拿五百两银子使用。宝钗看了，一一念给薛姨妈听了。

经典名句 俗语说："和尚无儿，孝子多着呢。"
花到正开蜂蝶闹，月逢十足海天宽。

经典原文

刚往外走着,只见贾芸慌慌张张往里来,看见宝玉连忙请安,说:"叔叔大喜了。"那宝玉估量着是昨日那件事,便说道:"你也太冒失①了,不管人心里有事没事,只管来搅。"贾芸陪笑道:"叔叔不信只管瞧去,人都来了,在咱们大门口呢。"宝玉越发急了,说:"这是那里的话!"正说着,只听外边一片声嚷起来。贾芸道:"叔叔听这不是?"宝玉越发心里狐疑起来,只听一个人嚷道:"你们这些人好没规矩,这是什么地方,你们在这里混嚷。"那人答道:"谁叫老爷升了官呢,怎么不叫我们来吵喜②呢。别人家盼着吵还不能呢。"宝玉听了,才知道是贾政升了郎中了,人来报喜的。心中自是甚喜。连忙要走时,贾芸赶着说道:"叔叔乐不乐?叔叔的亲事要再成了,不用说是两层喜了。"宝玉红了脸,啐了一口道:"呸!没趣儿的东西!还不快走呢。"贾芸把脸红了道:"这有什么的,我看你老人家就不——"宝玉沉着脸道:"就不什么?"贾芸未及说完,也不敢言语了。

注释:①冒失:轻率;莽撞。②吵喜:到喜庆之家故意吵闹讨彩(赏钱、赏物),以示庆贺,叫吵喜

课外试题

宝玉看完贾芸的拜帖后,为什么呆呆的,还一会儿哭,一会儿笑的?

答案

四月二十六日的对诗会上,贾芸写的拜帖使宝玉想到了黛玉忘不了的事。宝玉随即去潇湘馆,走一趟又折回来了,有意回头叫袭人给黛玉送去帕子,又怕让袭人知道黛玉的心思,而使自己被袭人讥笑。

第八十六回

薛家贿赂贪官 翻供

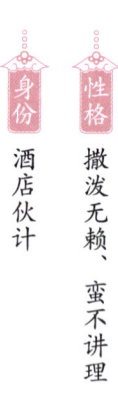

人物：张三
性格：撒泼无赖、蛮不讲理
身份：酒店伙计

点题

薛姨妈先托贾政给知县打招呼，又托凤姐与贾琏买通知县，薛蝌也买通了证人，终于使薛蟠免除死罪。宝玉去见黛玉，黛玉给他讲琴理，并说弹琴要遇知音才好。

　　薛姨妈听了薛蝌的来信，叫来小厮，问薛蟠是怎么将人打死的。据小厮说，薛蟠因为被夏金桂吵得烦闷，便想约一个人去南边贩卖货物。这天，他约那人在郊外吃饭，遇到蒋玉菡（hàn）带一些小戏子进城，便邀他入席。因为酒店伙计张三不停地拿眼瞟（piǎo）蒋玉菡，薛蟠心中有气。第二天，薛蟠酒后故意找张三的碴儿，张三便不服，与薛蟠发生争执。后来，薛蟠拿碗砸张三的脑袋，将人砸死了。

　　薛姨妈听后，忙托王夫人转求贾政去说情；又去当铺里兑了些银子，让小厮带去给薛蝌。过了三天，薛蝌果然有回信了。薛姨妈让宝钗念信，只听薛蝌在信中说，已经用银子打点衙门上下，但证人还没买通，因此翻供状子呈上去没被批准。

　　薛姨妈听了信，担心救不了薛蟠。但送信之人告诉薛姨妈，若再送一份大礼，或许能使衙门案件从轻定案。于是，薛姨妈赶忙去托王夫人

薛蟠打死人，衙门升堂公审。

求贾政帮忙。然而，贾政只愿托人说情，不愿行贿赂之事。薛姨妈担忧此举无用，又转而托凤姐与贾琏从中周旋。最终，花费了几千两银子，才将知县买通。同时，薛蝌也设法买通了证人。随后，知县便以误伤人命为由定了案，使得薛蟠免去了死罪。

几日过后，薛蝌回到薛家，把县令判案的详细经过告知了薛姨妈。薛姨妈听完，才暂时放下心来。恰逢周贵妃离世，贾母和王夫人等人需前往宫中守灵。因薛蟠之事贾府出了不少力，薛姨妈便应邀前往贾府照顾园中姐妹，同时让薛蝌照看好家里事。

一日，宝玉去看黛玉，见黛玉靠在桌子上看书。他凑过去一看，书上的字一个也不认得，便说："妹妹近日越发长进了，看起天书来了。"黛玉忍不住笑了，说："这是琴谱。"宝玉道："我不信，从没有听见你会抚琴。"黛玉说，她也不是很会，只是在扬州时学过，后来不弹了。

黛玉又说："究竟琴怎么弹得好，实在也难。书上说高山流水，得遇知音。"说到这里,眼皮微微一动,慢慢地低下头去。宝玉正听得高兴,便让黛玉教他琴谱,又让黛玉弹琴。

正说着,紫鹃进来跟宝玉说了几句话,便劝宝玉不要让黛玉太劳神。宝玉只得起身告辞。黛玉刚送宝玉走出院门,就见王夫人命人送了一盆兰花来。宝玉便说:"妹妹有了兰花,就可以做《猗(yī)兰操》了。"黛玉听了心里反不舒服。她回到房中,看着那盆兰花,想到自身也如鲜花一样,无法抵御风催雨送,不由伤心得落下泪来。

经典名句

三日不弹,手生荆棘。
草木当春,花鲜叶茂。

经典原文

两个人正说着,只见紫鹃进来,看见宝玉,笑说道:"宝二爷今日这样高兴!"宝玉笑道:"听见妹妹讲究①的叫人顿开茅塞②,所以越听越爱听。"紫鹃道:"不是这个高兴,说的是二爷到我们这边来的话。"宝玉道:"先时妹妹身上不舒服,我怕闹的她烦。再者我又上学,因此显着就疏远③了似的。"

注释:①讲究:指重视。②顿开茅塞:比喻原本闭塞的思路,因为受到启发,立刻理解、明白。也作"茅塞顿开"。③疏远:关系生疏,不亲近。

课外试题

薛蟠为什么可以推翻原供?

答案:因为薛蟠撒谎了,他并且亲身亲眼在场中当时并非他出的错。

第八十七回

妙玉打坐 走火入魔

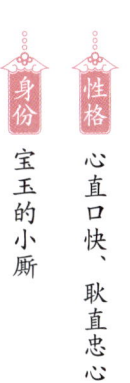

人物 墨雨

性格 心直口快、耿直忠心

身份 宝玉的小厮

点题

黛玉看了宝钗的信，又看了宝玉送的旧手帕，心有所感，写文谱曲，拿出短琴弹奏起来，被路过的宝玉和妙玉听到。妙玉晚上打坐，不小心走火入魔。

黛玉正对着兰花感伤，只见宝钗打发人来送信。黛玉打开一看，原来是宝钗感叹近日家运多艰，不能进来同姐妹们谈笑赋诗，并在信末附了一篇诗赋。黛玉看完，十分伤感，又想："宝姐姐不寄给别人，只给我，也是与我惺（xīng）惺相惜。"黛玉正在沉吟，就见探春、湘云、李纹、李绮来了。大家彼此问了好，坐下后又谈到前年的菊花诗。黛玉便道："宝姐姐自从搬出去，来了两回，如今就算有事却也不来了。"探春笑道："她家里最近事情多，哪里还比之前有工夫呢。"

探春正说着，突然风里传来一阵香气。黛玉便道："好像是木樨（xī）香。"探春笑道："九月，哪里还有桂花呢？"湘云说："三姐姐，九月在南边正是晚桂开的时候，你只是没有见过罢了。等你以后到南边去的时候就知道了。"探春笑道："我有什么事去南方？"李纹、李绮只抿着嘴笑。黛玉说："这可说不定。"湘云拍着手笑着说："我们这几个人有的生在南方，有的生在北方，如今却能凑在一起。可见人和地也是各有缘分的。"说得大家都笑了。

探春等人离开后，黛玉想起父母双亡，自己寄人篱下，不禁伤感。紫鹃见了，忙用别的话来开解黛玉，谁知反而惹得黛玉更伤心。因为天变冷了，黛玉打开包袱选衣服时，发现宝玉送的旧手帕，又不禁伤心泪下。黛玉披上衣服，回头看了宝钗的诗，也赋了四章诗，又翻出琴谱，合成音韵，然后写出来，以备送给宝钗。接着，黛玉又叫雪雁将自己的短琴拿出来，调好弦，练习指法。

这日，宝玉早起，匆匆往书房赶去。宝玉行至半路，小厮墨雨告诉他今日学堂放假。宝玉原来不信，恰好瞧见贾兰、贾环也正往回走，并且他们也说学堂今日放假。宝玉便回身前往贾母、贾政处禀明情况，然后回到怡红院待了一会，便一溜烟往黛玉房中去。

宝玉走到潇湘馆门口，只见雪雁正在院子里。她一见宝玉便说黛玉睡了。宝玉无处可去，忽然想起惜春有好几天没见了，便信步走到蓼风轩。正巧遇到惜春和栊（lóng）翠庵的槛外人妙玉在下棋。宝玉向妙玉笑道："妙公轻易不出禅关，今日何缘下凡一走？"妙玉听了，忽然把脸一红，也不答话，只低头看棋。宝玉又赔笑说："出家人就是心静。"妙玉听了，脸更红了，也无心再下棋，便起身告辞。临别时，妙玉又说怕自己在园中迷路，宝玉连忙给她带路。

于是二人辞别惜春，离了蓼风轩。他们走近潇湘馆时，突然听到黛玉弹琴，便在山子石坐着静听。妙玉听到琴声悲切，讶（yà）然变色，说恐怕琴声不能持久。正说着，就听到琴弦断裂之声，妙玉起身就走。宝玉道："怎么样？"妙玉道："日后自知，你也不必多说。"说完就自己走了。宝玉满肚子疑团，没精打采地回怡红院去了。

妙玉回到栊翠庵,打坐了一会儿,又把"禅门日诵"念了一遍。吃过晚饭,妙玉听到屋顶瓦片响动,以为是贼,便出去看,突然听到两只猫叫,想起白天宝玉的话,不由得心跳耳热,连忙收慑(shè)心神,到禅床上打坐。不久,妙玉竟梦见盗贼将她劫走。妙玉不肯,只得哭喊求救。庵中女尼听到了,忙将她叫醒,并请医生来诊脉。医生看后说妙玉这是走火入魔了。惜春听说此事,心中暗叹:妙玉虽然洁净,但尘缘未断,我若出家,一念不生,万缘俱寂。

妙玉回到栊翠庵,坐了一会,把"禅门日诵"念了一遍。

北 西 东 南

杂院

稻香村

暖香坞

见惜春和妙玉正在下棋

蓼风轩

因黛玉睡了，宝玉信步走到蓼风轩来

藕香榭

芦雪庵

荇叶渚

秋爽斋

晓翠堂

侧殿　侧殿

沁芳闸

含芳阁　大观楼　缀锦阁

玉石牌坊

大观园

缀锦楼

蜂腰桥

翠烟桥　翠嶂

沁芳亭

沁芳溪

沁芳桥

宝玉、妙玉辞别惜春，走近潇湘馆，听到黛玉弹琴，后琴弦断裂

紫菱洲馆（蓼溆）

滴翠亭

潇湘馆

一溜烟往黛玉房中去

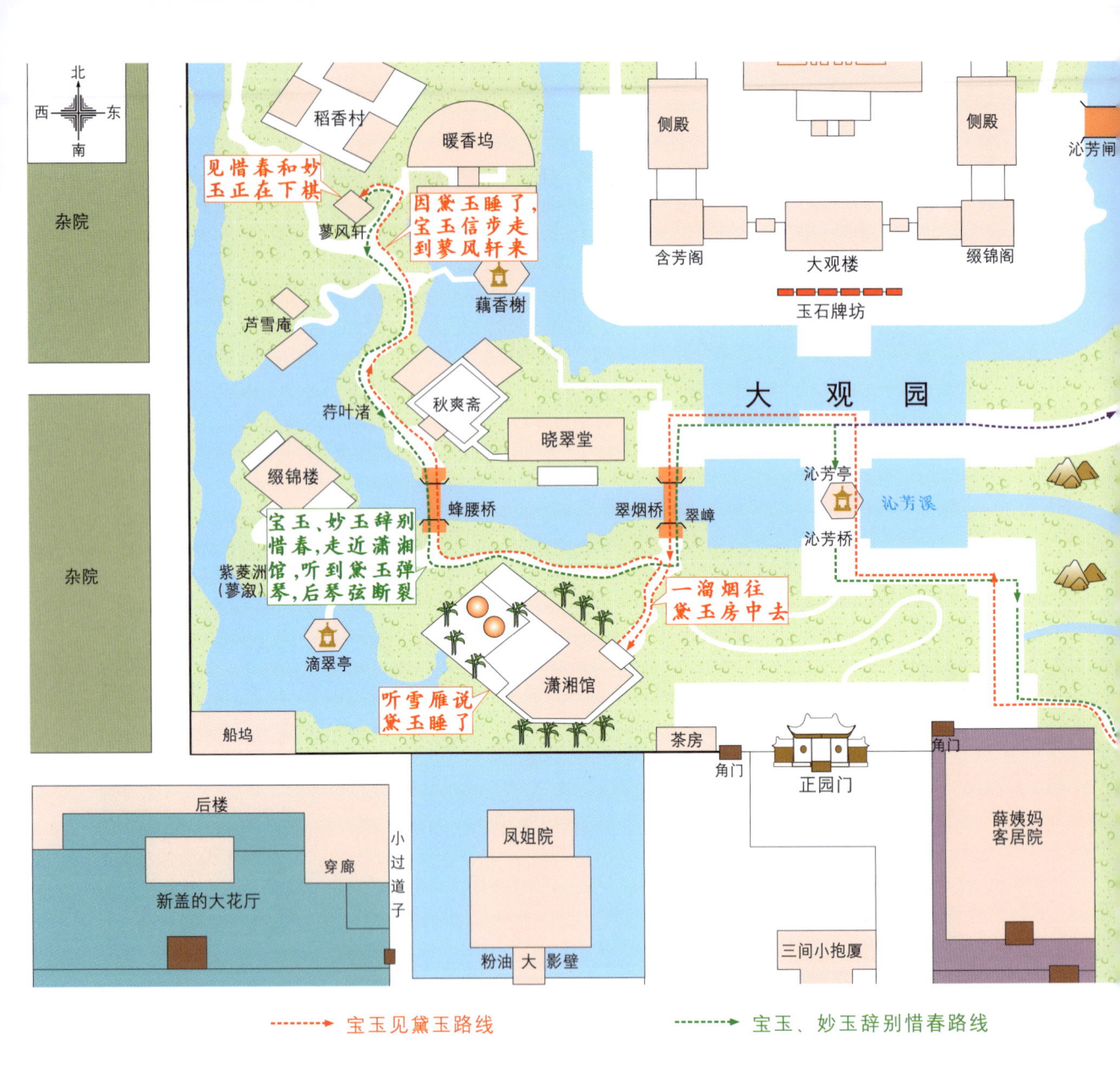

听雪雁说黛玉睡了

杂院

船坞

茶房

角门　正园门　角门

薛姨妈客居院

后楼

新盖的大花厅

穿廊

小过道子

凤姐院

粉油大影壁

三间小抱厦

- - - -▶ 宝玉见黛玉路线　　　　- - - -▶ 宝玉、妙玉辞别惜春路线

宝玉、妙玉听琴音示意图

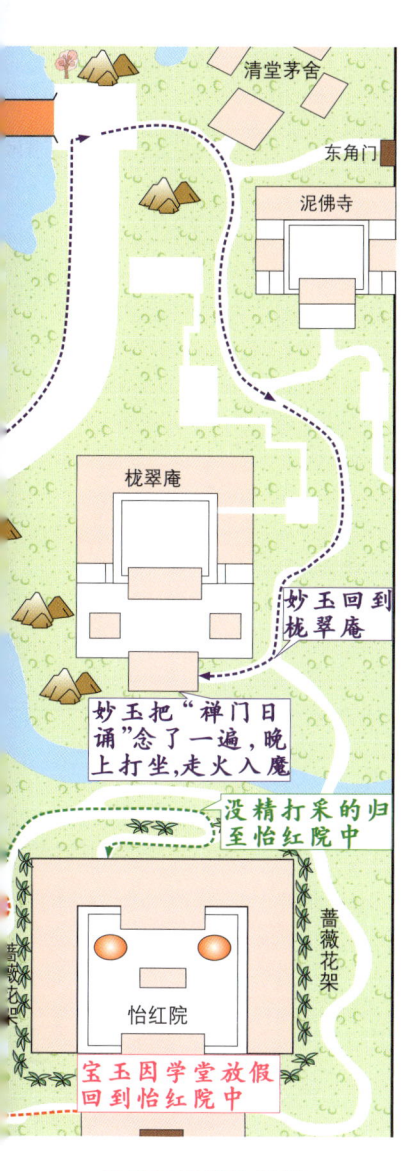

经典名句

搔首问兮茫茫，高天厚地兮，谁知余之永伤。
十里荷花，三秋桂子。
大造本无方，云何是应住。
既从空中来，应向空中去。

经典原文

紫鹃见了这样，知是她触物伤情①，感怀旧事，料道劝也无益，只得笑着道："姑娘，还看那些东西作什么？那都是那几年宝二爷和姑娘小时，一时好了，一时恼了，闹出来的笑话儿。要像如今这样斯抬斯敬②的，那里能把这些东西白遭塌③了呢。"紫鹃这话原给黛玉开心，不料这几句话更提起黛玉初来时和宝玉的旧事来，一发珠泪连绵起来。

注释：①触物伤情：看到某一景物内心感到悲伤。②斯抬斯敬：形容双方客客气气，很有礼貌。③遭塌：损坏；浪费。

妙玉回栊翠庵路线

课外试题

妙玉为什么听到琴声断裂后起身便走？

答案

妙玉精通音律，她以琴音中听出黛玉弹奏的弦音中带着悲凉的声调。此时黛玉的身影显然很憔悴，故妙玉看来不可能再有什么好的兆头，她才匆忙地与其师妹即刻起身走去。

第八十八回

博庭欢 宝玉赞贾兰

人物 贾珠

性格 珠儿、珠大哥、珠大爷

身份 李纨的丈夫、贾兰的父亲

结局 未出场就已亡故

点题

鸳鸯奉贾母之命请惜春写经。宝玉送蝈（guō）蝈给贾母解闷，并称赞贾兰。贾珍严惩闹架的周瑞、何三和鲍二。贾芸托凤姐谋工部工程，凤姐拒绝了。

惜春正揣（chuǎi）摩棋谱，突然听到鸳鸯叫彩屏。只见鸳鸯带着小丫头提了一个小黄绢包进来说："老太太明年八十一岁，是个暗九，要做一场九昼夜的功德，因此请姑娘帮忙写《金刚经》。"惜春答应了，并留鸳鸯喝了杯茶，交谈一会儿。鸳鸯辞别惜春，回去禀报贾母，因见贾母和李纨正在打双陆，便在旁边瞧着。

突然看见宝玉进来，手里提着两个小笼子，笼内有几个蝈蝈。宝玉说是给贾母解闷的。贾母问宝玉："你不在学堂念书，为什么又弄这个东西呢？"宝玉说："不是我弄的。师父叫环儿和兰儿对对子。环儿对不来，我悄悄告诉了他。他感激我，买了来孝敬我的。"

贾母又问道："兰小子呢，作上来了没有？他比环儿小，该是环儿替他作的了。"宝玉笑道："他倒没有，却是自己对的。"贾母道："我不信。"

宝玉送蝈蝈给贾母解闷，并称赞贾兰。

宝玉笑道："实在是他作的。师父还夸他明儿一定有出息呢。"贾母这才信了，又想起贾珠，说道："这也不枉你大哥哥死了，你大嫂子拉扯他一场。"说着，忍不住落泪。李纨见了只得强忍泪水劝慰贾母，又叫宝玉不要再夸贾兰。

次日，贾珍到荣府料理事务。一个小厮回道："庄头送果子来了。"贾珍要了单子，看完知道经管的是周瑞，便叫周瑞："照账点清，送往里头交代。等我把来账抄下一个底子，留着好对。"周瑞答应去了，不久回来，又进来回贾珍道："刚才来的那果子，大爷点过数目没有？"贾珍道："我哪里有工夫点这个呢。"

正说着，就见鲍二进来质疑周瑞的账目。周瑞斥责鲍二乱说，两人争执起来，贾珍只得命他两人出去。这二人各自散了。贾珍正在厢房休息，突然听到外面有吵闹声，一查才知道，是鲍二和周瑞的干儿子何三打架。贾珍命人将鲍二和何三绑了，又和贾琏命人将周瑞也绑了。贾琏训斥了周瑞一顿，命人将鲍二和何三各打了五十鞭，撵了出去。贾府下人听说了此事，议论纷纷。

贾政自从在工部掌印，家人中尽有发财的。贾芸听说了，也想承包工部的一些工程，便拿了一包礼物去见凤姐。凤姐听他说明来意后，告诉贾芸，衙门的事她插不上手。凤姐正拒收贾芸的礼物，只见奶妈带着巧姐来了。贾芸一见，便站起来笑盈盈地跟巧姐说话。谁知巧姐一见贾芸就哭，怎么哄都不中用。

贾芸见这光景坐不住，只好告辞。凤姐命小红拿着贾芸送来的那包礼物送贾芸出去。小红和贾芸互有情意，便拿了东西，跟了出来。贾芸便接过包，从里面拿了两件礼物送给小红，又和小红说了几句悄悄话才离去。凤姐听说水月庵净虚梦见一男一女来索命，触动心事，晚上也开始睡不安宁了。

经典名句

羊群里跑出骆驼来了，就只你大。

我这里断不兴说神说鬼，我从来不信这些个话。

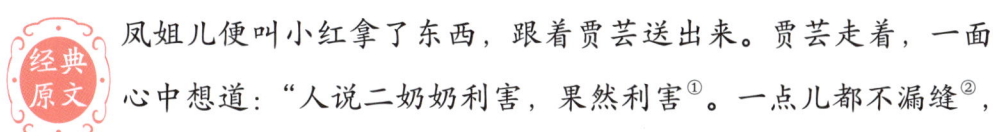

经典原文

凤姐儿便叫小红拿了东西，跟着贾芸送出来。贾芸走着，一面心中想道："人说二奶奶利害，果然利害①。一点儿都不漏缝②，真正斩钉截铁，怪不得没有后世。这巧姐儿更怪，见了我好像前世的冤家似的。真正晦气，白闹了这么一天。"小红见贾芸没得彩头，也不高兴，拿着东西跟出来。贾芸接过来，打开包儿拣了两件，悄悄的递给小红。小红不接，嘴里说道："二爷别这么着，看奶奶知道了，大家倒不好看。"贾芸道："你好生收着罢，怕什么，那里就知道了呢。你若不要，就是瞧不起我了。"小红微微一笑，才接过来，说道："谁要你这些东西，算什么呢。"说了这句话，把脸又飞红了。贾芸也笑道："我也不是为东西，况且那东西也算不了什么。"说着话儿，两个已走到二门口。贾芸把下剩的仍旧揣在怀内。小红催着贾芸道："你先去罢，有什么事情，只管来找我。我今日在这院里了，又不隔手③。"

注释：①利害：这里通厉害。②漏缝：表示破绽。③隔手：不直接经手其事，这里表示不费事。

课外试题

凤姐如此贪财为什么会拒收贾芸的礼物？

因为是贾芸来求她办的事，不收礼，也好方便用着她推辞。

答案

黛玉无意间听说宝玉已定亲，伤心之下，绝食殉（xùn）情。

第八十九回

蛇影杯弓
黛玉绝食

人物 雪雁
性格 聪明机灵、安守本分
身份 黛玉的丫鬟

点 题

宝玉睹物思人，为晴雯写了祭文，后来去潇湘馆见黛玉，却因无意冒犯了黛玉，连忙告辞。黛玉无意间听说宝玉已定亲，伤心之下，绝食殉情。

初冬十月,天气渐渐变冷。宝玉在学堂读书时,突然刮起大风。焙茗拿来衣服请宝玉穿上。宝玉见那衣服正是晴雯所补的那件雀金裘,于是睹物思人,呆呆地对着书坐着。晚间放学时,宝玉向贾代儒请了一天病假。

宝玉回到房中,闷闷不乐地和衣躺在床上。袭人让他把雀金裘脱下来,并说:"你瞧瞧那上头的针线也不该这么糟蹋它呀。"宝玉叹了口气,将雀金裘脱下亲自叠好包好。次日早上,宝玉便命人收拾好一间屋子,点上香,摆上水果。宝玉进去后,便命下人出去,亲自关上了门,又拿出一张粉红色的纸,提笔写了一篇祭文,写完就在香上点个火,烧掉了。宝玉在屋里静静等香点完才开门出去。

宝玉去潇湘馆见了黛玉,问道:"妹妹这两日弹琴来着没有?"黛玉道:"两日没弹了。"宝玉笑道:"不弹也罢。弹琴费心。妹妹身子又单弱了,不操这心也罢。"黛玉抿着嘴笑。宝玉又道:"我那一天从蓼风轩来时听见你弹琴,恐怕打断你的清韵,所以静听了一会儿。我要问你,前路是平韵,到末尾突然转了仄(zè)韵,是什么意思?"

黛玉道:"这是人心自然之音,做到哪里就到哪里的,没有一定的。"宝玉道:"原来如此。可惜我是不知音,枉听了一会儿。"黛玉道:"古来知音人能有几个?"宝玉听了,觉得出言冒失了,又怕寒了黛玉的心,坐了一会儿,便找借口离去了。宝玉走后,黛玉只觉得宝玉最近很不对劲。她走到床上歪着,慢慢地细想。

紫鹃从屋里出来,见雪雁在屋外独自发呆,便问她是不是有心事。雪雁被她吓了一跳,忙叫她别嚷,悄悄说:"姐姐你听说了吗?宝玉定了亲了!"紫鹃吓了一跳,说道:"你从哪里听来的?"雪雁道:"我听见侍书说的,是个什么知府家,家资也好,人才也好。"

紫鹃正听时,只听得黛玉咳嗽了一声,忙和雪雁一起进屋。只见黛玉气喘吁吁地坐在椅子上,见她们进来了,又起身走到床边躺下,吩咐将帐子放下。二人放下帐子便出去了。紫鹃和雪雁到了屋外后,都怀疑刚才的话被黛玉听到了,只好不提此事。黛玉本就一腔心事,又听了紫鹃、雪雁的话,只觉得身心空荡荡的,千愁万恨堆上心来,恨不得立即死了才好,便打定主意糟蹋自己的身子。

自此,黛玉茶饭无心,饮食一天天逐渐减下去。半个月后,黛玉连粥也不喝了,白天听的话,都好像是宝玉娶亲的话;看怡红院中的人,都像是宝玉娶亲的光景。薛姨妈来看她时,却不见宝钗来,黛玉更加疑心,连药都不肯吃了,只求立即死去。睡梦之中,黛玉常常听见有人叫宝二奶奶。一片疑心,竟成蛇影。

经典名句

东逝水，无复向西流。
亭亭玉树临风立，冉冉香莲带露开。
绿窗明月在，青史古人空。
青女素娥俱耐冷，月中霜里斗婵娟。

经典原文

只见黛玉喘吁吁的刚坐在椅子上，紫鹃搭讪着问茶问水。黛玉问道："你们两个那里去了？再叫不出一个人来。"说着便走到炕边，将身子一歪，仍旧倒在炕上，往里躺下，叫把帐子撩下。紫鹃雪雁答应出去。他两个心里疑惑方才的话只怕被他听了去了，只好大家不提。谁知黛玉一腔心事，又窃听了紫鹃雪雁的话，虽不很明白，已听得了七八分，如同将身摺在大海里一般。思前想后，竟应了前日梦中之谶（chèn）①，千愁万恨，堆上心来。左右打算，不如早些死了，免得眼见了意外的事情，那时反倒无趣②。又想到自己没了爹娘的苦，自今以后，把身子一天一天的糟踏③起来，一年半载，少不得身登清净④。

注释：①谶：指将来要应验的预言、预兆。②无趣：这里指难堪；没有面子。③糟踏：损害。④身登清净：这里指干净体面地去世。

课外试题

黛玉听说宝玉定亲后有什么样的表现？这说明黛玉是个什么样的人？

答案：黛玉听说宝玉定亲后痛不欲生，这说明她是个敏感细腻且执著痴情的人。

第九十回

邢岫烟
锦衣失窃

人物	性格	别名	身份
薛蝌	稳重成熟、平和正直	二爷	薛蟠和薛宝钗的堂弟，薛宝琴的胞兄

点 题

黛玉听了雪雁和侍书的对话，心病消除，病渐渐好了。凤姐知道邢岫烟衣服被偷，心中怜惜，送了她几件衣服。薛蝌知道邢岫烟的处境后，叹息天道不公。

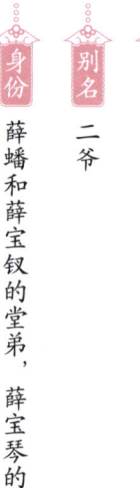

这天，紫鹃见黛玉绝食，感觉没指望了，哭了一会儿，便让雪雁守着，自己去回禀贾母等人。紫鹃去后，侍书奉探春之命来看黛玉。雪雁以为黛玉昏睡不醒，便悄悄问侍书，宝玉说亲的事是不是真的。侍书说："怎么不真？只不过大太太说不好和那姑娘定亲。再说老太太心里早有了人了，就在咱们园子里的。又听见二奶奶说宝玉的事，老太太总是要亲上做亲的，凭谁来说亲，横竖不中用。"

雪雁听了，接口道："这是怎么说，白白地送了我们这一位的命了！"正说着，只见紫鹃进来责怪两人不该在这里说话。突然，黛玉咳嗽一声，三人连忙进屋。紫鹃忙跑到床前，见黛玉要水喝，忙给她喂水。黛玉喝了两口，仍旧躺下，微微睁眼，对侍书说："回去问你们姑娘好罢。"侍书以为黛玉嫌烦，答应一声，便离去了。

黛玉虽然病重，但心里清楚，听了侍书和雪雁的对话，才明白宝玉

凤姐要将吵嚷的婆子撵出去，邢岫烟赶来求情。

亲事未定，又听说老太太要亲上加亲，且是在园子里住着的，估计就是自己了。黛玉这么一想，心病便消除了，心神顿觉清爽许多。这时，恰好贾母、王夫人、李纨、凤姐听见紫鹃之言，都赶着来看，见黛玉没像紫鹃说得那么严重，嗔（chēn）怪紫鹃唬人后，便回去了。

自此，黛玉的病渐渐好了，雪雁和紫鹃都庆幸不已。不但紫鹃和雪雁，就是众人也都知道黛玉的病，病得也奇怪，好得也奇怪。贾母猜到了八九分，便跟邢、王二位夫人和凤姐说，虽然宝玉和黛玉自小青梅竹马，但黛玉性格乖僻，身体虚弱，怕不是有寿的，只有宝钗最妥当。此处，贾母还嘱咐大家不要让黛玉知道宝玉定亲之事。凤姐便吩咐众丫鬟保密。

这些日子，凤姐奉贾母之命常到园子中照料。一天，凤姐在紫菱洲见一个老婆子吵嚷。凤姐过去一看，原来是邢岫烟丢了一件锦衣，邢岫烟的丫头问那婆子有没有捡到锦衣。那婆子就吵嚷起来。凤姐听了，觉得那婆子不尊重邢岫烟，因此要撵她出去。邢岫烟赶来再三求情，凤姐便放了那婆子。凤姐见邢岫烟衣着单薄，回房后，亲自挑选几件衣服，命丰儿送去给邢岫烟。邢岫烟执意不受，平儿亲自来劝说，邢岫烟才含羞收下。

薛姨妈和宝钗听了邢岫烟之事，都难过落泪。薛蝌进来说，薛蟠交往的人大多不正经，他都撵走了。薛姨妈说以后家里要倚重薛蝌了，并称赞邢岫烟为人稳重。薛蝌回房后，想到邢岫烟日子不好过，叹息天意不均，金桂这种人偏有钱，邢岫烟这种人却受苦。

薛蝌正想着，只见宝蟾推门进来，说奉金桂之命来给他送果品和酒，以慰劳他为薛蟠四处奔走之苦。薛蝌连忙道谢，因见宝蟾鬼鬼祟祟的，言语轻佻（tiāo），怕金桂和宝蟾不怀好意，待宝蟾走后暗暗嘱咐自己小心。

经典名句

心病终须心药治，解铃还是系铃人。
蛟龙失水似枯鱼，两地情怀感索居。
同在泥涂多受苦，不知何日向清虚。

经典原文

那时岫烟被那老婆子聒（guō）噪①了一场，虽有凤姐来压住，心上终是不定。想起"许多姊妹们在这里，没有一个下人敢得罪她的，独自我这里，他们言三语四②，刚刚凤姐来碰见"。想来想去，终是没意思，又说不出来。正在吞声饮泣③，看见凤姐那边的丰儿送衣服过来。岫烟一看，决不肯受。丰儿道："奶奶吩咐我说，姑娘要嫌是旧衣裳，将来送新的来。"岫烟笑谢道："承奶奶的好意，只是因我丢了衣服，他就拿来，我断不敢受。你拿回去千万谢你们奶奶，承你奶奶的情，我算领了。"倒拿个荷包给了丰儿。那丰儿只得拿了去了。不多时，又见平儿同着丰儿过来，岫烟忙迎着问了好，让了坐。平儿笑说道："我们奶奶说，姑娘特外道的了不得。"岫烟道："不是外道，实在不过意。"平儿道："奶奶说，姑娘要不收这衣裳，不是嫌太旧，就是瞧不起我们奶奶。刚才说了，我要拿回去，奶奶不依我呢。"岫烟红着脸笑谢道："这样说了，叫我不敢不收。"

注释： ①聒噪：吵闹不休。②言三语四：指乱加评论。③吞声饮泣：形容受压迫时，忍受痛苦，不敢公开表露。

课外试题

黛玉的病为什么病得也奇怪，好得也奇怪？

答案： 黛玉的病是因为想宝玉想出来了的。病好是因为黛玉误会了宝玉和宝钗的人来看她。

编纂委员会

罗先友	人民教育出版社，原副社长，编审，文学博士，原《课程·教材·教法》和《小学语文》主编
纪连海	北京师范大学第二附属中学，高级教师（历史），CCTV《百家讲坛》主讲嘉宾
赵玉平	中国传媒大学经济管理学院，教授，CCTV《百家讲坛》主讲嘉宾
李小龙	北京师范大学文学院，教授，副院长，博士生导师
许盘清	上海大学文学院，教授；自然资源部海洋发展战略研究所，特聘研究员
朱　良	北京师范大学地理科学学部，副教授，《地图学》精品课程主讲教师
左　伟	中国地图出版社，原核心编辑，编审，地理学博士
陈　更	北京大学，博士，CCTV《中国诗词大会》第四季总冠军，山东卫视《超级语文课》课评员
左　栋	自然资源部地图技术审查中心，高级工程师（地图制图学与地理信息工程）
郗文倩	杭州师范大学人文学院，教授，博士生导师
李　园	南京师范大学教师教育学院，教师教育实训中心副主任
李兰霞	北京交通大学语言与传媒学院，副教授，硕士生导师
吴晓棠	南京师范大学教师教育学院，讲师
王　兵	南京市教学研究室，历史教研员，高级教师（语文）
杨　俊	无锡市锡山区教师发展中心，教研室副主任，高级教师（语文）
陈　娟	江苏省新海高级中学，副校长，正高级教师（语文）
贺　艳	深圳市龙岗区南师大附属龙岗学校，副校长，高级教师（语文）
陈启艳	湖北省宜昌市外国语初级中学，正高级教师（语文）
冒　兵	南京航空航天大学苏州附属中学，正高级教师（语文），江苏省教学名师，苏州市学科带头人
陈剑峰	南通市第一初级中学，正高级教师（语文）
王　辉	湖北省宜昌市外国语初级中学，高级教师（信息技术）
刘　瑜	江苏省天一中学，高级教师（语文），无锡市学科带头人
刘期萍	深圳市龙岗区南师大附属龙岗学校，教学处副主任
万　航	湖北省宜昌市外国语初级中学，高级教师（地理）

编辑部

策　　划：王俊友、赵泓宇
原　　著：曹雪芹、高　鹗
地图主编：许盘清、许昕娴
撰　　文：陈元桂
责任编辑：王俊友
统筹编辑：姬飞雪
地图编辑：杨　曼、刘经学
文字编辑：高　畅、戴雨涵
插　　画：孙　温
装帧设计：今亮后生
审　　校：高　畅、李婧儿、杨　曼、刘经学、黄丽华
外　　审：纪连海、赵玉平、李小龙、郗文倩、陈　更、李兰霞
审　　订：郝　刚、左　伟